Irmgard Grunwald

Zarte Pflanze Hoffnung

Inhaltsverzeichnis

Vorwort

„Keine echte Hoffnung hat die Gegenwart unverändert gelassen."
Friedrich von Bodelschwingh (1831-1910)

Beim Lesen der 15 in sich abgeschlossenen Kurzgeschichten von Irmgard Grunwald erinnerte ich mich an diesen Ausspruch des „Vaters der Inneren Mission". Denn in jeder einzelnen Erzählung schwingt die Melodie der Hoffnung mit und man spürt, dass diese nicht ins Blaue hinaus gesungen wird, sondern einen Grund hat. Die Hoffnung scheint auf wie ein Licht in der Dunkelheit und zeigt den Weg aus den Sackgassen der Menschen.

Die fiktiven Geschichten sind Ausschnitte aus dem Kaleidoskop des Lebens. Es geht um ungewollt Erlittenes, unbedacht Gewähltes, orientierungslos Verfahrenes. Menschen, die in der Vergangenheit gefangen sind, in der Gegenwart mit Leid konfrontiert werden und keine Fragen an die Zukunft mehr haben. Themen sind unter anderem Krankheit, Unfalltod, Beziehungen, Ehebruch, Abtreibung, Einsamkeit.

Die Autorin überrascht, wie sie den Scheinwerfer auf Menschen richtet, die nicht im Zentrum eines dramatischen Ereignisses standen, aber davon existentiell betroffen wurden. So in „Amok", wo die jüngere Schwester des Täters erheblich unter den Folgen der Tat des Bruders leidet. Oder in „Im Spinnennetz", wo ein Brautpaar am Hochzeitstag tödlich verunfallt. Jahrelang leidet die Mutter der Braut unter Hassgefühlen gegen die Unfallverursacherin. Doch eines Tages macht sie sich auf, um mit ihr zu reden.

Die Autorin beschreibt die Situationen und Umstände knapp, aber präzise. Ein Zitat aus „Verschlossene Türen", wo es um Alzheimer geht:

„Am schlimmsten ist es, wenn Hans auf der Klavierbank sitzt. Er klappt das Klavier auf, legt zögernd seine Finger auf die Tasten, scheint in sich hineinzuhorchen. Es ist, als versuche er in seinem Kopf eine Tür zu öffnen, doch sie ist abgeschlossen, und jemand hat den Schlüssel weggeworfen. Viele verschlossene Türen gibt es in seinem Kopf und es werden immer mehr.

Wenn er scheinbar zufällig eine Taste herunterdrückt, erschrickt er vor dem plötzlichen Klang. Manchmal macht er weiter, wie ein Kind, das die Welt der Töne erforscht. Wenn Heidi ihn so findet, möchte sie am liebsten vor Verzweiflung schreien."

Die Stärke der Geschichten ist ihre Nähe zu einer Wirklichkeit, die jeder Mensch mehr oder weniger gut kennt, über die aber in der Öffentlichkeit nicht gesprochen wird. Das geht vom „Kavaliersdelikt" des Seitensprungs mit einer jungen Angestellten bis zur „vernünftigen" Abtreibung eines Kindes mit Trisomie 21. Die Erzählungen blicken tiefer, kratzen an Fassaden, gehen unter die Haut, decken menschliches Versagen und Unvermögen auf. Sie verurteilen nicht, sondern machen Hoffnung!

Dabei malen die meisten der Geschichten kein Happyend. Sie zeigen nur einen ersten, hoffnungsvollen Schritt auf einem Weg zur Veränderung. Jeder Bericht setzt die Gedanken des Lesenden in Bewegung: Wie könnte es weitergehen mit Gastarbeiter Angelo, der sich fragt, was Gott mit seinem „normalen" Leben zu tun haben könnte? Oder - was macht die alte Tante Milli, die anhand eines Buches über die zehn Gebote Gottes ihr Leben Revue passieren lässt und sich bewusst wird, dass Gott sie eines Tages damit konfrontieren wird?

Spezifisch christliche Themen sind in „Auf und davon" (die Frage der „Entrückung") und im besonders interessanten Beitrag „Das Wunder" enthalten, wo die Heilung von Ulla sehr bedenkenswerte Fragen aufwirft. Ulla spürt, dass ihre Nähe zu Gott nicht von ihrem körperlichen Zustand abhängt und Krankheit deshalb nicht das Schlimmste im Leben sein muss.

Ich kenne die Autorin Irmgard Grunwald aufgrund unserer Zusammenarbeit bei der Zeitschrift „ethos". Jeden Monat verfasst sie eine viel beachtete Kolumne für dieses Magazin. Und auch da überrascht sie mit Gedanken, Vergleichen, Geschichten, hilfreichen Antworten. Was man wissen muss: Die fünffache Mutter leidet seit zehn Jahren an einer schweren Krankheit: ALS – Amyotrophe Lateralsklerose. Sie kann sich nicht bewegen, braucht Hilfe beim Atmen. Das Schreiben ermöglicht ihr ein Sprachcomputer. Ein Leben also, das genügend Grund für Selbstmitleid liefert. Bei Irmgard Grunwald erlebe ich das anders. Durch ihren Glauben ist ihr Leben so eng mit Gott verknüpft, dass sie nicht an Zufälle und Sinnloses glaubt. Sie sagt, dass sie so viel an Segen erlebe, dass ihre Krankheit dadurch mehr als aufgewogen werde. Was sie für andere schreibt, das hat Irmgard selbst durchlebt. Für Menschen auf dunklen Wegen leuchten ihre Gedanken besonders hell.

Das vorliegende Buch eignet sich auch gut zum Vorlesen. Es ist für suchende Menschen wie für Christen gleichermaßen empfehlenswert, weil es Mut schenkt und Hoffnung: Ein Neubeginn ist möglich! Deshalb will ich nochmals Friedrich von Bodelschwingh zu Wort kommen lassen: „*Christus steht nicht hinter uns als unsere Vergangenheit, sondern vor uns als unsere **Hoffnung**.*"

Rolf Höneisen
Chefredakteur der Magazine ethos und factum

Amok

Gemütlich lehnt sich Herr Franke auf seinem Stuhl zurück und beißt herzhaft in sein mitgebrachtes Butterbrot. Er blickt auf die Uhr: kurz nach neun. In einer knappen halben Stunde fängt die erste große Pause an. Auch in seiner Hausmeisterloge hat er dann keine Ruhe mehr.

Er gießt sich noch einen Kaffee aus der Thermoskanne ein. Zwei Referendare durchqueren die Pausenhalle, nicken ihm zu und verschwinden im Lehrerzimmer. Ein Oberstufenschüler mit Sporttasche kommt von draußen und verschwindet sofort in der Toilettenanlage. Aus dem Musikraum im ersten Stock hört man gedämpft Klaviermusik.

Herr Franke schlürft seinen heißen Kaffee. Jemand kommt im Laufschritt auf seinen Glaskasten zu, der Hausmeister blickt auf. Entsetzt starrt er durch die Scheibe auf ein schwarz maskiertes Gesicht. Die Gestalt hält eine Pistole auf ihn gerichtet, scheint ihn kurz zu mustern, drückt dann ab. Dem Hausmeister bleibt keine Zeit zu schreien. Glas splittert, die Wucht des Geschosses reißt Herrn Frankes Körper nach hinten. Reglos liegt er in einer Blutlache.

Die schwarze Gestalt geht rasch weiter.

* * *

Pressemitteilung der Polizeidirektion vom 6. Juni, 16:30 Uhr:

17 Tote in der Herderschule – Todesschütze begeht Selbstmord

Der erste Notruf erreichte die Polizei heute Morgen um 9:17 Uhr. Schüsse und Schreie im Gebäude hatten Schüler und Lehrer aufgeschreckt. Als die Polizei eintraf, rannte ein schwarz gekleideter, vermummter und mit zwei Pistolen bewaffneter Jugendlicher über das Schulgelände in den angrenzenden Stadtwald. Er gab dabei mehrere Schüsse auf die Beamten ab, ein Kollege erlitt eine schwere Beinverletzung. Kurz darauf war ein Schuss aus dem Park zu hören. Die Polizeibeamten, die die Verfolgung aufgenommen hatten, fanden wenig später den toten Attentäter, der die letzte Kugel auf sich selbst gerichtet hatte.

In der Schule selbst bot sich ein entsetzliches Bild. Neun Lehrer und sechs Schüler hatte der Amokläufer anscheinend wahllos durch gezielte Schüsse getötet. Ein 16-jähriger Schüler verstarb während einer Notoperation. Zwei weitere Lehrer, der Hausmeister und eine 13-jährige Schülerin überlebten schwerverletzt; eine Schulsekretärin schwebt noch in Lebensgefahr.

Der Todesschütze wurde als der 18-jährige Jens A. identifiziert. Er besuchte die Oberstufe der Herderschule und galt als Einzelgänger mit viel Potenzial, aber wenig Leistungsbereitschaft.

Aus der Trauerrede anlässlich des Gedenkgottesdienstes am 12. Juni:

„Diese Stadt und mit ihr das ganze Land – wir alle stehen unter Schock. Auf einmal ist alles anders, als es vorher war. Kann das Leben jemals für uns weitergehen? Die Frage nach dem WARUM einer solch entsetzlichen und sinnlosen Gewalttat lastet auf uns allen. Wie ist so etwas möglich? Hätte man es verhindern können? Wie konnte Gott so etwas zulassen? Wir müssen es uns eingestehen: Wir sind alle völlig ratlos. Es gibt keine Sicherheit, nicht für uns, nicht für unsere Kinder. Angesichts des grausigen Geschehens versagen alle Worte. Wo gibt es Trost? Wo gibt es jetzt noch einen Sinn?

Jens Altmann war einer, der anders war, der nicht dazugehörte – nicht dazugehören wollte. Hätten wir ihm helfen können? Wer hätte ihm helfen können? Hätte er sich helfen lassen? Wir sind schnell zur Hand mit Schuldzuweisungen: Die Eltern, die

Lehrer, die Schulkameraden, das Fernsehen, das Internet, die Computerspiele, das Bildungssystem, das Jugendschutzgesetz, das Waffengesetz – wer trägt wirklich die Schuld?

Viele fragen nach Gott: Wenn es ihn gibt, warum greift er nicht ein? Wie können wir jetzt noch weiterleben?"

Auszug aus dem psychologischen Gutachten vom 30. Juni:

Ein wesentliches Kennzeichen der Persönlichkeit des Jens A. ist seine unrealistische Selbstüberschätzung. Dabei ist sein Selbstwertgefühl relativ gering ausgeprägt.

Schriftlich hinterlassene Äußerungen des Jugendlichen legen den Schluss nahe, dass der 18-Jährige Anerkennung und möglicherweise sogar öffentliche Bedeutung erlangen wollte; als Mittel für dieses Vorhaben diente ihm ein exzessiver Tabubruch.

* * *

Rainer Hauser sitzt auf den Stufen zur Alten Post am Rand des großen Marktplatzes. Dieser Auftrag passt ihm gar nicht, aber er hat keine Wahl. Glücklicherweise kennt er hier niemanden. Schließlich hat er auch kein Herz aus Stein: Diese ganze Sache mit dem jungen Burschen, der scheinbar eiskalt sechzehn Menschen und sich selbst brutal ermordet, die hat auch den abgebrühten Fotojournalisten Hauser emotional stark mitgenommen. Egal, er muss jetzt diese Reportage schreiben, ein paar Interviews machen, einige Fotos dazu.

Er hält Ausschau nach passenden Interviewpartnern unter den Passanten. Jetzt, gute vier Wochen nach dem schaurigen Geschehen, wirkt das Leben in der Stadt fast wieder normal.

Drei Mädchen mit modischen Rucksäcken kommen über den Marktplatz, vielleicht fünfzehn, sechzehn Jahre alt. Rainer Hauser gibt sich einen Ruck und geht auf sie zu.

„Nein, wir sind in einer anderen Schule. Aber die Freundin von meiner kleinen Schwester, die ist auf der Herderschule, in der 7. Klasse. In deren Klassenraum ist der Jens nicht gewesen, die haben nur die ganzen Schüsse gehört und das Schreien, und hinterher haben sie das ganze Blut gesehen. Die arme Annika kann seitdem nachts gar nicht mehr schlafen, hat meine Schwester gesagt. Sie hat immer Albträume."

„Bei uns in der Straße wohnte einer von den Jungen, die der Jens erschossen hat. Ich kannte ihn nur ganz flüchtig, er war in meinem Sportverein, aber in einer anderen Abteilung. Das ist so schrecklich, was da passiert ist. Immer, wenn ich die Mutter von Thomas jetzt sehe, muss ich anfangen zu weinen. Und vorletzte Woche bei der Beerdigung war die ganze Verwandtschaft da, auch die beiden großen Brüder von Thomas. Die haben auch geweint."

Das dritte Mädchen hält den Blick starr auf dem Boden geheftet. Doch dann sieht sie auf, Rainer Hauser direkt in die Augen. Ganz leise erklärt sie: „Ich kann nichts dazu sagen." Tränen strömen über ihr Gesicht.

Noch vier, fünf Leute interviewt Hauser, dann kann auch er nicht mehr. Mehrere Passanten hatten ihn beschimpft, wollten endlich in Ruhe gelassen werden.

„Ich kann euch ja verstehen, Leute, aber es ist halt mein Job", murmelt er vor sich hin, während er auf das „Café am Markt" zusteuert.

Eine resolute ältere Frau serviert ihm energisch Kaffee und Apfelkuchen. Dabei beäugt sie neugierig seine Ausrüstung.

„Sie sind wohl Journalist?"

„Ja", antwortet Hauser knapp. Ihm reicht es. Aber die Frau setzt sich ungefragt zu ihm und beginnt zu berichten.

Oh ja, sie habe den Jens gekannt. Die ganze Familie übrigens. Nette Leute, sie hätten auch noch eine Tochter, fünfzehn oder sechzehn. Wie so etwas habe passieren können! Die Eltern hätten sich eigentlich immer gut um die Kinder gekümmert. Aber man wisse natürlich nie, was hinter den Kulissen geschehe. Man kenne sich ja auch als Kollegen, sozusagen. Die Altmanns hätten auch eine Bäckerei und Konditorei, aber ohne Café. Ein kleiner Familienbetrieb. Den hätte der Jens übernehmen sollen, aber der habe ja nicht gewollt. Überhaupt sei der ein bisschen komisch gewesen, immer schwarze Klamotten, und gegrüßt habe er einen auch nicht. Eigentlich habe man wissen müssen, was daraus wird. Aber die Eltern hätten ja wohl die Augen verschlossen vor dem Offensichtlichen. Und jetzt sei es zu spät.

Geschäftlich seien die Altmanns inzwischen wohl auch erledigt. Sie selbst habe natürlich keine Vorurteile, aber man wisse ja, wie die Leute in einer solchen Kleinstadt reagieren. Und seit dem *Vorfall* hätten sie ihr Geschäft jedenfalls geschlossen. Wahrscheinlich hätten die beiden Verkäuferinnen auch schon längst gekündigt. Und der Geselle in der Backstube scheine auch einen neuen Job zu suchen.

Man könne natürlich keinem einen Vorwurf machen, aber man mache sich schon so seine Gedanken. Wer wisse schon so genau, wie der Jens auf solche Ideen gekommen sei. Wahrscheinlich habe er die ganze Nacht immer nur vor dem Computer gesessen. Vielleicht seien die Eltern ja auch gar nicht so harmlos, wie es immer schien. Wenn man Kinder liebevoll und gerecht und ein bisschen streng erziehe, dann könne so etwas jedenfalls kaum passieren. Ihre eigenen Kinder seien schließlich auch ganz friedlich, alle drei.

Vielleicht sei es wirklich besser, die ganze Familie Altmann würde in einer anderen Stadt ganz von vorn anfangen, da, wo sie keiner kennt. Dann würde vielleicht auch hier wieder eher Ruhe einkehren.

* * *

Anne saß auf dem Bett, ihren fast vergessenen, betagten Teddybären hielt sie im Arm, streichelte ihn gedankenverloren, während sie in ihrem alten Tagebuch las. Lange hatte sie diese letzte Umzugskiste ignoriert – in ihren letzten beiden Wohnungen war sie gar nicht erst ausgepackt worden. Doch jetzt …

Mit dem Handrücken wischte sie ein paar Tränen weg.

6. Juni

> *Jens ist tot. Er hat sich umgebracht. Und er hat vorher noch viele andere erschossen. Das kann einfach nicht sein! Er ist doch mein Bruder!*

10. Juni

Anja war gestern bei mir. Sie hat in meinem Zimmer gesessen und mit mir geheult. Ich kann gar nicht mehr aufhören zu weinen. Judith und Marie haben gemeint, sie trauen sich jetzt nicht zu mir, hat Anja gesagt. Mama sitzt die ganze Zeit in Jens' Zimmer. Sie sagt gar nichts. Nur gestern hat sie einmal losgeschrien. Papa wollte ihr was zu essen bringen, aber sie hat einfach nur geschrien.

12. Juni

Heute war der Gedenkgottesdienst. Ich war da mit Papa. Wir hatten Hüte und Sonnenbrillen an, damit uns keiner erkennt. Mama geht gar nicht mehr nach draußen. Es war schrecklich. Wir sind danach sofort nach Hause gefahren. Alle reden über Jens. Früher wollte keiner was mit ihm zu tun haben. Er war ja auch oft unfreundlich zu den Leuten. Aber eigentlich war er ganz anders. Ich vermisse ihn, auch wenn er mich manchmal geärgert hat. Und jetzt reden die Leute alle so gemein über ihn. Und über Papa und Mama.

Ich gehe vor den Ferien nicht mehr zur Schule.

Warum hat er das bloß getan?

24. Juni

Papa hat alle Zeitungen weggeschmissen. Er sagt, die ganzen Schreiber verstehen überhaupt nichts. Jetzt schreiben auf einmal alle darüber, was wir für eine Familie sind. Die haben ja keine Ahnung. Wir sind doch eine ganz normale Familie mit ganz normalen Freunden und so. Aber besuchen kommt uns keiner mehr von unseren Freunden, noch nicht mal Lotti und Carsten. Irgendwie haben jetzt alle Angst vor uns.

3. Juli

Heute haben die Ferien angefangen. Ich habe mein Zeugnis mit der Post bekommen. Ich habe sofort nachgesehen: Es steht nichts unter „Bemerkungen“. Auch nicht „Schwester des Mörders“. Die Feier zum Schulabschluss fällt dieses Jahr aus, wegen Jens. Ich wäre sowieso nicht hingegangen.

Jetzt höre ich wohl mit der Schule auf, auch wenn ich eigentlich noch die Oberstufe machen wollte.

7. Juli

Es ist jetzt schon einen Monat her. Papa hat heute gesagt, dass wir umziehen. Mama will das Geschäft nicht weitermachen. Wir hatten den ganzen Monat schon zu. Papa will alles verkaufen und in der großen Brotfabrik in Langenhausen anfangen. So weit weg! Und wer fragt mich? Was soll ich jetzt machen?
Jens hat alles, alles, alles kaputtgemacht.

8. August

Heute wäre Jens' Geburtstag. Mama weint nicht mehr. Aber sie kann auch nicht mehr lachen. Und Papa schüttelt immer wieder den Kopf und murmelt vor sich hin. Ich glaube, wir werden alle noch verrückt. Ich weiß überhaupt nicht mehr, was ich machen soll.

27. August

Am Freitag ziehen wir um. Ich habe schon alles gepackt, nur das Tagebuch noch nicht. Aber das kommt auch gleich in die Kiste.
Die Sachen von Jens hat Papa alle rausgetragen, das komplette Zimmer. Es wird alles weggeschmissen.

Anne legte das Buch zur Seite und starrte ins Leere. Mit der Zeit hatte sie wieder Fuß gefasst im Leben, doch die alten Fragen verstummten nie ganz; das brennende Würgen in der Seele brach manchmal wieder auf. Was hatte Jens da nur angerichtet? Und warum hat Gott das nicht verhindert? Ihre Familie war nie besonders religiös gewesen, doch in einem solchen Drama erwartet man das Eingreifen einer höheren Macht geradezu, oder etwa nicht?! Als sie das letzte Mal mit einem Pastor gesprochen hatte – anlässlich ihrer kirchlichen Hochzeit –, hatte Anne sich nicht getraut, ihm Fragen zu stellen.

Im Laufe der Zeit stellt der Alltag ganz andere Fragen.

Dennoch – ein blinder Fleck blieb zurück auf der Landkarte ihrer Seele, eine ungewisse Sehnsucht nach Antworten auf Fragen, die sie nicht stellte.

Nun hatten Daniel und sie beschlossen, mit den Kindern aufs Land zu ziehen, und ganz in der Nähe ihrer alten Heimat hatten sie ein Zuhause gefunden, nur zwei Orte von Breitenbach entfernt.

Während sie die letzten Umzugskisten auspackte, wurde ihr immer klarer, dass sie hinfahren wollte. Mit Daniel. Aber ohne die Kinder.

Eine knallende Tür, Kinderlachen, Rufe und Daniels beruhigende Stimme zeigten die Rückkehr ihrer Rasselbande vom Schwimmbad an.

Daniel steckte den Kopf zur Tür herein.

„Alles in Ordnung, Anne?"

„Ja." Anne zögerte kurz. Dann sagte sie leise: „Fährst du demnächst einmal mit mir nach Breitenbach?"

* * *

Sie parkten an der Alten Post und schlenderten zum Marktplatz. Neben dem Café hatte ein Handyladen aufgemacht. Der Supermarkt gehörte nun zu einer anderen Kette. Aber im Großen und Ganzen war es dennoch der altvertraute Marktplatz mit dem Brunnen in der Mitte.

An der Ecke neben der Alten Post stand ein großer, bunt bemalter Bus, davor fünf oder sechs Cafétische mit knallroten Sonnenschirmen. Einige Leute saßen dort, tranken Kaffee und unterhielten sich. Neugierig musterten Anne und Daniel den Bus.

„Gott hat Zeit für dich – nimm dir Zeit für Gott!" war auf einigen Klappständern zu lesen, die um den Bus herum verteilt waren. Was war denn das für ein neues Café?

Eine junge Frau kam freundlich lächelnd auf sie zu. „Darf ich Sie zu einer kostenlosen Tasse Kaffee einladen? Im Rahmen unserer Informationswoche möchten wir mit den Menschen in Breitenbach über Fragen des persönlichen Glaubens ins Gespräch kommen. Hätten Sie vielleicht ein paar Minuten Zeit?"

Anne und Daniel sahen sich an, zögerten nur kurz. *Warum eigentlich nicht?*

„Ja, danke. Haben Sie auch Cappuccino?"

Der Cappuccino war köstlich, und Anne knabberte ein paar Kekse dazu. Die junge Frau hieß Sandra, war Anfang dreißig und hatte ein Baby, das im

Schatten des Sonnenschirms im Kinderwagen schlief. Schnell einigte man sich, auf das formale „Sie" zu verzichten.

Sandra berichtete von der erst kürzlich gegründeten christlichen Gemeinde, schwärmte von den lebendigen Gottesdiensten und der freundlichen Atmosphäre. Und dann redete sie davon, dass Jesus der Mittelpunkt ihrer Gemeinde sei. Anne war etwas befremdet. Doch Sandra schien solche Gesprächsthemen völlig normal zu finden. Sie fragte ganz offen: „Und wie ist das bei euch? Kennt ihr beide Jesus?"

Verunsichert wartete Anne auf eine Reaktion von Daniel, doch der war genauso verblüfft wie sie selbst. Mit Glaubensdingen hatte er sich nach dem obligatorischen Religionsunterricht in der Schule nicht mehr beschäftigt und ihm war diese Frage sichtlich unangenehm.

Anne blickte ihre Gesprächspartnerin an. „Jesus kennen? Wie meinst du das? Ich habe eigentlich noch nie viel mit Kirche zu tun gehabt. Meine Eltern waren nicht religiös, und wir sind es auch nicht. Aber seit ... seit längerer Zeit interessiert mich das schon irgendwie. Ich meine, was Gott eigentlich macht. Oder ob er einfach nur zuschaut, wenn Menschen ... schreckliche Dinge tun. Wenn andere darunter leiden."

„Du meinst, so wie vor etlichen Jahren, als dieser Jugendliche hier in der Schule alle diese Leute umgebracht hat? Ich habe damals woanders gewohnt, aber du hast das vielleicht mitgekriegt, oder? Ich meine – Was ist denn? Ich wollte nicht ..."

Annes Tasse klirrte, als sie heftig abgestellt wurde. Die Erinnerung durchflutete sie so plötzlich, dass es ihr fast den Atem nahm. Daniels Hand legte sich auf ihre. Sandra blickte sie besorgt an.

„Entschuldige bitte, das ist wohl nicht das richtige Thema –"

„Schon gut, das kam jetzt nur etwas zu plötzlich."

Lange Zeit hatte Anne damals alles wieder und wieder mit ihren Therapeuten durchgekaut, und irgendwann war sie wieder zu einem „normalen" Leben erwacht – im Gegensatz zu ihrer Mutter. Wollte sie wirklich noch einmal darüber sprechen? Doch, das wollte sie, denn seit sie Daniel kannte, fühlte sie sich stark genug. Vielleicht könnte Sandra mit ihrem Gott sogar das verstehen und erklären, was Anne selbst noch ein Rätsel war. Sie hob die Kaffeetasse wieder an die Lippen und trank einen Schluck. Dann blickte sie Sandra an: „Der Mörder Jens Altmann war mein Bruder."

Von dieser Aussage war Sandra zuerst wie versteinert. Doch langsam tasteten sich alle drei an das Thema heran; Anne und auch Daniel mit Fragen, die sich auf einmal ans Tageslicht drängten, Sandra mit zögernden Anmerkungen.

„Wisst ihr", sagte Sandra nach einigen Fragen und Gedanken, „ich verstehe auch nicht, wie Gott oftmals scheinbar tatenlos zusehen kann, wenn grauenhafte Dinge passieren. Gottes Gedanken und Pläne sind einfach zu hoch für mich. Aber seit ich Jesus kenne, weiß ich mit hundertprozentiger Sicherheit, dass Gott die Liebe ist. Seht ihr hier den kleinen Anhänger an meiner Kette? Dieses Kreuz erinnert mich immer an das schreckliche Folterinstrument, an dem mein Herr und Erlöser Jesus Christus für mich gestorben ist."

„Das verstehe ich nicht", meinte Daniel. „Wieso für dich, und was meinst du mit Erlöser?"

„Habt ihr noch ein paar Minuten Zeit?", erwiderte Sandra. „Dann hole ich noch für jeden einen Cappuccino, und anschließend versuche ich, das zu erklären. Okay?"

Als sie sich nach fast anderthalb Stunden von Sandra verabschiedeten, schwirrte Anne der Kopf. Auch Daniel musste die vielen Informationen erst einmal verdauen.

„Was meinst du, können wir noch irgendwo in Ruhe eine halbe Stunde spazieren gehen?", schlug er vor.

„Ja, gern", stimmte Anne sofort zu. „Und ich weiß auch schon, wo ..."

* * *

Auf dem Friedhof war es still und schattig. Eine Weile gingen sie durch das parkähnliche Gelände und sprachen über die fremdartigen Gedanken, die sie von Sandra gehört hatten. Dabei war sie überhaupt nicht fanatisch erschienen, einfach nur vollkommen überzeugt von ihrem Glauben an diesen Jesus.

„Irgendwie faszinierend", fand Anne, und auch Daniel konnte nicht abstreiten, dass ihn all diese neuen Informationen beeindruckten.

„Ja", meinte er, „und es klang auch alles so logisch und durchdacht. Seltsam, so habe ich die Sache mit dem Glauben noch nie betrachtet."

„Ich möchte Jens' Grab suchen", sagte Anne plötzlich. Erst in diesem

Moment war ihr klar geworden, dass dieses Grab unbewusst von Anfang an ihr Ziel gewesen war. In all der Zeit war Anne nach Jens' Beerdigung nicht ein einziges Mal hier gewesen, und sie fand sich kaum zurecht. Suchend gingen sie nun durch die Reihen. Die meisten Gräber waren mit mehr oder weniger aufwendigen Grabsteinen ausgestattet, doch Anne suchte nach einem schlichten Holzkreuz. Schließlich fanden sie die einfache Grabstelle, mit weißen Kieselsteinen bestreut, ganz ohne Blumenschmuck. Auf dem Holzkreuz nur zwei Buchstaben, kein Datum, nichts weiter: J. A. Und dieses Kreuz konnte damals in aller Stille erst aufgestellt werden, als die Trauer und Wut der Menschen etwas abgeklungen waren.

„Auch hier das Kreuz", bemerkte Daniel leise. „So wie um Sandras Hals." Einige Augenblicke waren beide in Gedanken versunken.

„Vielleicht will Sandras Gott uns irgendetwas damit sagen. Glaubst du, das könnte sein?"

„Gut möglich. Sie hat uns doch diesen Flyer mitgegeben von ihrer Gemeinde. Da stand was von einem Gästegottesdienst. Ich glaub, da gehen wir einfach mal hin."

Ein kräftiger Wind strich durch die Bäume, als sie Hand in Hand den Friedhof verließen.

Der Unfall

Thomas Bunse beendete das Telefongespräch, als die Glocke der nahen Christuskirche gerade zwölf Uhr schlug. Zufrieden grinsend griff er in seine Aktentasche und holte einen Apfel heraus. Im Flur traf er die Sekretärin.

„Ich mache schnell noch einige Besorgungen in der Stadt. In einer Stunde bin ich wieder da."

Herr Bunse ging eilig, aber vergnügt die Treppe vom dritten Stock hinunter. Das Telefonat war besser gelaufen, als er erwartet hatte. Wenn nichts mehr dazwischen kam, hätte er damit einen großen Auftrag für die Firma an Land gezogen.

Als er die Tür zur Straße öffnete, biss er noch einmal herzhaft in seinen Apfel. Er blickte zum Himmel: Sonnig, leicht bewölkt.

Zwei Autos kamen von links, er ließ sie vorbei und überquerte dann die Fahrbahn. Von rechts näherte sich rasch ein Lastwagen und er beschleunigte seinen Schritt. Der Lastwagen war schneller, als Herr Bunse gedacht hatte. Er legte noch mehr Tempo zu.

Kurz vor dem sicheren Bürgersteig stolperte Thomas Bunse. Er stürzte auf die Fahrbahn. Der Apfel flog in hohem Bogen davon. Etwas Großes näherte sich rasch. Adrenalin raste durch den Körper.

Ein entsetzliches Geräusch zerriss fast das Trommelfell. Er spürte, wie ihn etwas packte und nach vorn riss. Dann lag er auf dem Gehweg.

Ein Mann mittleren Alters beugte sich über ihn und fragte: „Alles in Ordnung?"

Die Verkäuferin aus der Bäckerei und der freundliche Türke aus dem Handyladen kamen angerannt, bleich und verängstigt. Der Lastwagen war mehrere Meter weiter zum Stehen gekommen, und auch der Fahrer kam heran. Er stand sichtlich unter Schock. Jemand half Thomas Bunse beim Aufstehen, ein Krankenwagen wurde angefordert. Ein Auto hupte. Immer mehr Schaulustige kamen heran.

„Nein, danke. Mir geht es gut. Ich bin nicht verletzt. Nur etwas ... verwirrt." Thomas blickte sich um. Er fragte in die Menge: „Wer hat mir denn vorhin das Leben gerettet? Da war doch so ein Mann –" Verunsichert blickte er den Umstehenden ins Gesicht. Ein Mann mittleren Alters war nicht dabei. Karin war völlig fassungslos.

„Du hättest tot sein können! Wie konnte das passieren? Hast du den Lastwagen denn nicht gesehen?" Aufgewühlt ging sie unablässig in der Küche hin und her.

Thomas saß äußerlich ruhig auf seinem Stuhl, doch unter dem Tisch kneteten seine Finger die Tischdecke. Auch in seinem Inneren tobten die Gefühle. Aber er wollte Karin nicht noch mehr aufregen und versuchte Ruhe auszustrahlen.

„Komm", sagte er sanft, „setz dich zu mir. Es ist ja nichts passiert. Es ist alles gut. Ich bin noch einmal davongekommen. Das Leben geht weiter."

Der Alltag ist sehr bald wieder alltäglich – einen Mann wie Thomas Bunse haut so schnell nichts um. Doch in der Nacht kommt die Erinnerung.

Oft schreckt er in den frühen Morgenstunden hoch. Es ist immer das Gleiche: Etwas Großes nähert sich rasch. Adrenalin rast durch den Körper. Ein entsetzliches Geräusch zerreißt fast das Trommelfell. Und dann: Ruhe. Erleichterung. Rettung.

Thomas sieht auf die Uhr: halb fünf. Noch zwei Stunden, bis der Wecker klingelt. Karin atmet gleichmäßig neben ihm. Thomas schließt die Augen, versucht wieder einzuschlafen. Doch seine Gedanken streifen umher, graben Erinnerungen aus, betrachten Szenen aus der Vergangenheit, hören längst vergessen geglaubte Gespräche. Der Tod ist die unausweichliche, unwiderrufliche Trennung von allem, was dem Menschen vertraut ist – das ist ihm mehr als einmal drastisch vor Augen gestellt worden.

Fünf, nein, sechs Jahre war es inzwischen her. Zwei oder drei Mal pro Woche hatte er sich im Sommer mit Johannes zum Joggen verabredet. Unermüdlich liefen die beiden bei Sonnenschein und Regen.

An einem Donnerstagabend waren beide Männer erschöpft von einer langen Runde. Der Tag war außergewöhnlich heiß gewesen, doch im Wald war es schattig und die Sonne brannte nicht mehr. Trotzdem empfand Thomas das Laufen anstrengender als sonst.

Als sie den Parkplatz schon fast erreicht hatten, wurde Johannes immer langsamer und immer stiller.

„Was ist los, alter Junge?", keuchte Thomas und drehte sich zu Johannes um.

Johannes war stehen geblieben und schnappte heftig nach Luft. Dabei sah er Thomas an – und plötzlich sackte er weg, fiel auf den Waldweg, wurde ganz blau im Gesicht.

Die Sanitäter sagten später zu Thomas: Plötzlicher Herztod, kann passieren. Die Anstrengung. Die Hitze. Schreckliche Sache. Und er solle sich keine Vorwürfe machen.

Vor zweieinhalb Jahren war bei seiner Mutter Krebs diagnostiziert worden.

Thomas hatte als einziger Sohn von Kindheit an ein enges Verhältnis zu seiner Mutter. Für Karin war es nicht immer leicht gewesen, die Schwiegermutter gleich nebenan zu haben. Zu Beginn ihrer Ehe hatte sie sich ständig beobachtet gefühlt – dabei hatte die Schwiegermutter sich nicht einmal offen eingemischt. Doch Thomas schien in Karins Augen allzu oft hin- und hergerissen zu sein zwischen seiner Frau und seiner Mutter.

Als die Schwiegermutter krank wurde, versuchte Karin die kindischen Rivalitätsgefühle zu überwinden und sorgte liebevoll für die alte Frau. Thomas' Mutter durchlitt Operation und Chemotherapien, und Karin und Thomas hofften. Auch als mehrere Ärzte nur noch stumm den Kopf schüttelten, hoffte Thomas weiter.

Dreizehn Monate nach der Diagnose starb seine Mutter.

Im April, ein halbes Jahr nach dem Tod seiner Mutter, war Thomas wieder einmal mit seinem Nachbarn ins Gespräch gekommen.

Die Krügers waren in der ganzen Nachbarschaft für ihre Frömmigkeit bekannt. Doch sie waren auch stets freundlich und hilfsbereit, deshalb sah man es ihnen im Allgemeinen nach, wenn sie von Zeit zu Zeit religiöse Schriften oder Einladungen zu Veranstaltungen ihrer Gemeinde in den Briefkästen verteilten.

Frau Krüger hatte die alte Frau Bunse regelmäßig besucht und sich bis zum Schluss um sie gekümmert; das hatte Thomas sehr beeindruckt. Ihre mitfühlenden Worte hatten auch ihm gut getan, doch ihre religiösen Vorstellungen schienen ihm zu simpel.

Thomas mochte ihren Mann, Herrn Krüger. Er war sich seiner Meinung stets gewiss, argumentierte immer mit der Bibel, war dabei aber unaufdringlich. Und außerdem war er ein schlauer Kopf, leitender Ingenieur in einem Großunternehmen; das beeindruckte Thomas am meisten. Er unterhielt sich deshalb immer gern mit seinem Nachbarn.

„Ich habe da neulich etwas Interessantes gelesen“, sagte Herr Krüger und lehnte sich über den Gartenzaun. „Haben Sie sich jemals für Philosophie interessiert, Herr Bunse?“

Thomas grinste. „In der Schule hatte ich mal ein Jahr lang Philosophie. Sokrates und Platon und so. Aber damals hatte ich andere Interessen ...“

Herr Krüger lachte. „Das ging mir zu Schulzeiten nicht anders. Aber was ich neulich von Blaise Pascal gelesen habe, fand ich wirklich bemerkenswert.“

Thomas wurde neugierig. „Blaise Pascal? Ein Franzose, nicht wahr? War er nicht Naturwissenschaftler, so ungefähr im 18. Jahrhundert?“

„Ich bin beeindruckt, Herr Bunse!“, rief Herr Krüger. „Blaise Pascal war tatsächlich ein französischer Mathematiker und Philosoph, allerdings schon im 17. Jahrhundert. Nun, dieser Mann war sehr pfiffig. Er wollte den Dingen immer gern logisch auf den Grund gehen. Er dachte intensiv über den Wahrheitsanspruch des christlichen Glaubens nach, wie er in der Bibel formuliert wird. Da behauptet Jesus zum Beispiel: ‚Ich bin der Weg, die Wahrheit und das Leben. Niemand kommt zu Gott, dem Vater, außer durch mich.‘ Blaise Pascal dachte die logische Konsequenz dieser Aussage zu Ende.“ Herr Krüger nickte bedächtig und blickte einer Amsel nach, die in der Hecke verschwand.

„Und zu welchem Ergebnis kam er?“, hakte Thomas nach.

„Er hat sich Folgendes überlegt: Angenommen, man vergleicht das Leben mit einer Wette. Jeder Mensch muss auf eine von zwei Möglichkeiten setzen. Entweder man setzt auf die Behauptung, dass die Lehre der Bibel wahr ist – oder man setzt auf die Behauptung, dass die Lehre der Bibel nicht wahr ist. Jede dieser beiden Entscheidungen hat wieder zwei mögliche Konsequenzen, nämlich entweder wahr oder nicht wahr.“

„Das klingt absolut logisch“, warf Thomas ein.

„Ja, der Mann war schließlich auch Philosoph. Aber es geht noch weiter: Angenommen, ein Mensch entscheidet sich *für* den christlichen Glauben: Liegt er richtig mit seiner Annahme, hat er alles zu gewinnen, nämlich den Himmel; liegt er falsch, hat er nichts zu verlieren. Nehmen wir an, ein Mensch entscheidet sich *gegen* den christlichen Glauben: Liegt er damit richtig, hat er nichts gewonnen. Sollte er aber falsch liegen, hat er alles verloren und verbringt seine Ewigkeit in der Hölle.“

„Eine bestechende Logik. – Aber meinen Sie das mit Himmel und Hölle wirklich ernst?"

„Oh ja, die Sache ist ernst. Wissen Sie, wie lange Sie noch auf dieser Erde zu leben haben?"

Nach dem Unfall ertappte sich Thomas Bunse immer wieder bei einem Gedanken, den er früher weit von sich gewiesen hatte: *Und wenn es doch stimmt?*

Seine wunderbare Rettung vor einem schrecklichen Unfall sah Thomas mittlerweile auch mit anderen Augen: War es, wie Karin inzwischen behauptete, tatsächlich ein Engel gewesen, der ihn im allerletzten Moment von der Fahrbahn gezerrt hatte?

Er hatte eine ganze Weile versucht, den Mann ausfindig zu machen, doch keiner konnte ihm Auskunft geben. War seine Rettung ein Wunder? Ein Eingreifen Gottes? Noch eine weitere Chance?

Es hätte auch anders kommen können.

* * *

Thomas Bunse beendete das Telefongespräch, als die Glocke der nahen Christuskirche gerade zwölf Uhr schlug. Zufrieden grinsend griff er in seine Aktentasche und holte einen Apfel heraus. Im Flur traf er die Sekretärin.

„Ich mache schnell noch einige Besorgungen in der Stadt. In einer Stunde bin ich wieder da."

Herr Bunse ging eilig, aber vergnügt die Treppe vom dritten Stock hinunter. Das Telefonat war besser gelaufen, als er erwartet hatte. Wenn nichts mehr dazwischen kam, hätte er damit einen großen Auftrag für die Firma an Land gezogen.

Als er die Tür zur Straße öffnete, biss er noch einmal herzhaft in seinen Apfel. Er blickte zum Himmel: Sonnig, leicht bewölkt.

Zwei Autos kamen von links, er ließ sie vorbei und überquerte dann die Fahrbahn. Von rechts näherte sich rasch ein Lastwagen und er beschleunigte seinen Schritt. Der Lastwagen war schneller, als Herr Bunse gedacht hatte. Er legte noch mehr Tempo zu.

Kurz vor dem sicheren Bürgersteig stolperte Thomas Bunse. Er stürzte auf die Fahrbahn. Der Apfel flog in hohem Bogen davon. Etwas Großes näherte sich rasch. Adrenalin raste durch den Körper.

Ein entsetzliches Geräusch zerriss fast das Trommelfell. Er spürte den Aufprall kaum noch.

Als sein Bewusstsein wieder erwachte, hatte er sofort Gewissheit. – Er hatte falsch gewettet.

Jetzt oder nie

Die SMS von Klaus kam, als Astrid gerade in der großen Besprechung saß.

Hallo Astrid, Mutter ist auf der Intensivstation. Ruf mich an.

Intensivstation? Ach, du liebe Zeit. Na ja, die Besprechung muss ich noch hinter mich bringen.

Erst am späten Nachmittag fand Astrid Zeit, ihren Bruder zurückzurufen. „Schlaganfall, sagen die Ärzte. Sie liegt im Koma, ist nicht ansprechbar. Sie wollte wohl einkaufen gehen, lag jedenfalls mit ihrer Einkaufstasche vor der Gartenmauer von Lehmanns. – Nein, sie war schon bewusstlos. Kannst du kommen?"

Als sie gerade in den Gang zur Intensivstation einbog, kam ihr Klaus schon entgegen, seine Frau an der Hand. Angie hatte ganz verweinte Augen und sah Astrid nicht an.

„Vor einer knappen halben Stunde ist sie gestorben", sagte Klaus mit merkwürdig belegter Stimme. „Sie machen sie gerade fertig. In ein paar Minuten können wir sie noch mal sehen."

Sie sieht ungewohnt aus, wirkt viel kleiner als sonst, dachte Astrid. *Und ich komme mir so hilflos vor. Müsste ich nicht eigentlich viel mehr Trauer empfinden? Wenn unsere Beziehung nur nicht so oberflächlich und verfahren gewesen wäre –*

* * *

Seltsam, dass mit dem Tod der Mutter so viele Erinnerungen aufbrechen.

Am Abend saß Astrid auf ihrem Sofa und blätterte in den alten Fotoalben. Zu ihrem 13. Geburtstag hatte sie von ihrem Vater einen Fotoapparat bekommen und eine Zeit lang alles fotografiert, was ihr vor die Linse kam. Ihre Schulfreundinnen, Ausflüge, Urlaub und immer wieder: die Leichtathletikmannschaft.

Der Sportverein war eine ganze Weile so etwas wie eine Familie für sie gewesen, erinnerte sich Astrid. Wie kam das eigentlich – sie hatte es doch gut gehabt zu Hause! Was war denn eigentlich schief gelaufen?

Als ihr Vater plötzlich starb, war Astrid vierzehn.

Lange Zeit war ihre Mutter wie versteinert gewesen, hatte noch weniger mit ihr gesprochen als zuvor und Astrid war schließlich froh, dass sie nach der Schule zur Ausbildung in eine andere Stadt ziehen konnte.

Mutter hat äußerlich immer für alles gesorgt, dachte Astrid. *Sie muss wirklich ein gewaltiges Pflichtbewusstsein gehabt haben, und sie war offenbar sehr fleißig. Aber ich hatte ständig das Gefühl, dass sie gar kein Interesse an uns Kindern hatte. Sie war immerzu mit ihrem Haushalt und ihren Pflichten beschäftigt. Ob Klaus das auch so empfindet? Ich muss ihn mal danach fragen.*

Eigentlich haben wir als Familie kaum Zeit miteinander verbracht – Papa war früher so oft auf Dienstreise und Mutter war nie der emotionale Mittelpunkt der Familie wie die Mutter von Steffi. Ob Mutter überhaupt wirklich lieben konnte?

Zumindest hatte ich immer das Gefühl, dass sie mir gar nicht richtig zuhört, wenn ich ihr damals irgendetwas aus meiner Kinderwelt erzählen wollte. Ich glaube, sie wusste bis zum Schluss nicht, was Leichtathletik eigentlich ist …

Habe ich das nur als Kind so empfunden? Ob sie wohl eine innere Beziehung zu Klaus und zu mir gesucht hat? Vielleicht tue ich ihr mit diesen Gedanken bitter Unrecht. Schließlich war sie immer freundlich zu uns, nie nachtragend, wenn ich mal wieder Mist gebaut hatte, aber trotzdem irgendwie unpersönlich. Und manchmal wirklich unglaublich streng.

Das war für Astrid der Aufhänger gewesen, sich endgültig aus der Beziehung zu ihrer Mutter zu lösen. Die harten und strengen Prinzipien, die ihre Mutter immer mit ihrer „christlichen Pflicht" begründet hatte, wirkten auf Astrid so abstoßend, dass sie den Glauben der Eltern als Jugendliche gleich ganz über Bord geworfen hatte.

Ein Gott, der ihr nur alles verbietet? Ein Gott, der will, dass jeder Mensch spätestens um acht Uhr abends zu Hause ist? Ein Gott, dem man nur mit völlig unmodernen Klamotten gefallen kann? Ein Gott, der nur lange Zöpfe mag? Ein Gott, der geschminkte Mädchen verabscheut? Ein Gott, der über keinen noch so harmlosen Witz lachen kann? Ein Gott, der keinerlei Verbindung zu „Ungläubigen" zulässt?

Nein, einen solchen Gott wollte Astrid als Jugendliche nicht!

Erst viele Jahre später hatte Astrid Gott wirklich persönlich kennengelernt. Vieles von dem, was ihre Mutter ihr damals verboten hatte, konnte sie nun in einem neuen Licht sehen: im Licht der Bibel. Manche Einschätzungen der Mutter blieben ihr nach wie vor völlig unverständlich.

Und doch … mit ihrer Mutter hatte sie nie darüber gesprochen – das Misstrauen, der Groll, vielleicht auch das Desinteresse saßen zu tief.

Und jetzt ist es zu spät, kam es Astrid plötzlich in den Sinn. *Immer habe ich es verdrängt, von mir gewiesen, dass ich mit Mutter einmal darüber sprechen muss. Dass diese alte Sache mein neues geistliches Leben an der Entfaltung hindert. Dass ich ihr vergeben will. Jetzt ist es zu spät.*

* * *

Im Flur türmten sich die Müllsäcke.

„Ja, Klaus, das geht schon in Ordnung. Die Küche und das Wohnzimmer sind ja schon so weit fertig geräumt. Ich schau mich nur noch ein bisschen im Schlafzimmer um und dann bestelle ich gleich morgen früh den Entrümpelungsservice. Ihr könnt ruhig schon fahren."

Klaus und Angie schienen erleichtert zu sein, dass sie den geplanten Besuch bei Angies Eltern nicht verschieben mussten. „Danke, Astrid. Wir sehen uns dann spätestens übermorgen bei der Beerdigung."

Als die Tür ins Schloss fiel, stand Astrid allein in der Wohnung ihrer Mutter. Vieles hatten sie schon gemeinsam aufgeräumt – und ganz unerwartet viele Kindheitserinnerungen gefunden: Im Wohnzimmerschrank hatte die Mutter ein ganzes Fach mit lauter alten Kleinigkeiten vollgestopft.

„Sieh mal, Astrid, mein Freischwimmerzeugnis! Hast du das gewusst, dass sie diese ganzen alten Sachen aufbewahrt hat?"

„Nein, ich hatte keine Ahnung. Aber es ist wirklich unglaublich. Schau an, hier ist sogar mein alter Turnbeutel."

Einige der Erinnerungsstücke hatten Klaus und Astrid beiseitegelegt, doch das meiste hatten sie aussortiert. Ein ramponiertes Bilderbuch lag ganz oben auf Astrids Stapel.

Das habe ich als kleines Kind sehr geliebt, ging es Astrid durch den Kopf. *Inzwischen finde ich die Bilder eigentlich nur kitschig, aber früher waren sie wunderschön für mich.*

Sie nahm das Buch zur Hand, setzte sich auf den Fußboden und blätterte.

Die Henne und das Entlein, las Astrid. Wie vertraut diese Worte auf einmal zu sein schienen.

Es war einmal eine Henne, die lebte auf einem großen Bauernhof.

Eines Tages gackerte sie stolz: Seht her, seht her, welch prachtvolle Eier ich gelegt habe!

Tag um Tag saß sie nun auf ihrem Nest und brütete. Schließlich schlüpfte aus jedem Ei ein zartes gelbes Küken. Nur das größte und schönste Ei rührte sich nicht. Die Henne brütete unverdrossen weiter und schließlich war es so weit: Auch das große Ei platzte, und ein Küken schlüpfte heraus.

Willkommen!, sagte die Henne. Nun, meine lieben Kinderchen, müsst ihr lernen, wie man ein richtiges Huhn wird. Heute lernen wir das Scharren.

Die Henne führte ihre Kinder auf dem Hof herum und scharrte mit ihren großen Krallen nach Würmern.

Die Küken liefen hinterdrein und scharrten mit ihren kleinen Krallen und piepsten: Seht her, seht her, wie prachtvoll wir scharren.

Nur das jüngste Küken konnte nicht scharren und sah unglücklich auf seine platten Füße.

Was bist Du nur für ein seltsames Huhn?, wunderte sich die Henne.

Astrid überschlug ein paar Seiten. Die kleinen Küken lernten noch alles Mögliche, und es lief immer nach dem gleichen Schema ab: Alle machten alles richtig, nur das jüngste Küken konnte es der Mutter nie recht machen.

So ging es Tag für Tag, und die Küken wuchsen heran. Eines Tages führte die Henne ihre Kinderschar auf die Wiese. Dort waren viele Vögel, und als das jüngste Küken sie sah, spreizt es seine kleinen Flügelchen und rief: Fliegen, das muss herrlich sein!

Doch die Henne schüttelte nur den Kopf und sagte: Fliegen? Ein richtiges Huhn fliegt nicht!

Dann führte die Henne ihre Kinderschar an einen Teich. Dort schwammen Enten und Gänse auf dem Wasser, und als das jüngste Küken sie sah, watschelte es zum Wasser und rief: Schwimmen, das muss herrlich sein!

Doch die Henne schüttelte nur den Kopf und sagte: Schwimmen? Ein richtiges Huhn schwimmt nicht!

Aber das jüngste Küken hörte sie nicht mehr. Es schwamm schon weit draußen auf dem Teich, und als die anderen Enten hinfortflogen, flog es mit ihnen.

Ganz genau so ist es mir eigentlich auch ergangen, überlegte Astrid. *Als ob ich im Grunde gar nicht zu meiner Mutter gehörte, so habe ich mich immer gefühlt, als ob wir aus zwei völlig verschiedenen Welten gekommen wären. Und jetzt ist sie tot.*

Schwerfällig erhob sich Astrid vom Fußboden und ging ins Schlafzimmer ihrer Mutter.

Hier gab es nicht mehr viel auszuräumen: Die Kleidung würde das Rote Kreuz abholen. Es gab nur noch einige persönliche Gegenstände im Nachtschrank zu sortieren. Unterwäsche, Strümpfe, Taschentücher, eine kleine Holzschachtel mit einigen Schmuckstücken – nichts besonders Wertvolles.

Astrid nahm die Schachtel aus der Schublade und stellte sie zur Seite.

Ich werde Angie fragen, ob sie einige Schmuckstücke haben möchte. Der Bernsteinanhänger würde sicher gut zu ihren Haaren passen, dachte Astrid.

Sie zog die unterste Schublade auf. Dort lagen etliche dicke Schulhefte gestapelt, dicht an dicht.

Die sehen genauso aus wie unsere Klassenarbeitshefte damals in der Schule, schoss es Astrid durch den Kopf.

Die Hefte in der Schublade waren gebündelt, jeder Stapel mit einem stabilen blauen Bindfaden zusammengebunden. Insgesamt waren es bestimmt mehr als zehn Bündel. Im vorderen Teil der Schublade, ganz rechts, lagen einige Hefte lose aufeinander.

Astrid war verblüfft. *Was ist denn das? Vielleicht Haushaltsbücher?*

Neugierig holte sie das oberste lose Heft aus der Schublade. „2010", stand in der ordentlichen Handschrift ihrer Mutter auf dem Etikett, und darunter: „März bis".

Jetzt ist August, dachte Astrid.

Das Heft war noch nicht ganz vollgeschrieben.

Tagebücher?! Das hätte ich von Mutter nie erwartet.

Astrid setzte sich aufs Bett und schlug das Heft auf. Die meisten Einträge waren kurz und Astrid blätterte mehrere Seiten auf einmal weiter.

20. März

Lange mit Frau Lehmann telefoniert. Ihre Tochter hatte schon wieder eine Fehlgeburt. Konnte ihr noch einmal von der Liebe Gottes berichten, aber sie bleibt skeptisch. Werde sie nächste Woche zum Kaffeetrinken einladen.

11. April

In der Gemeinde Predigt über Ruth und Naomi. Naomi war ein gutes Vorbild, hat ihre Schwiegertochter zum Glauben geführt. Für wen kannst du ein Vorbild sein?, hat der Prediger gefragt. Ich weiß es nicht.

2. August

Astrid angerufen. Nur Belangloses geredet. Sie sagt, es geht ihr gut. Erzählt von der Arbeit, nichts von ihr selbst. Fragt nichts. Trotzdem: Ich muss es endlich tun!

Das ist ja erst Anfang letzter Woche gewesen – vier Tage vor ihrem Tod!

Astrid ließ das Heft sinken. Die Idee in ihrem Kopf war zu neu: Ihre Mutter hatte sich offenbar Gedanken gemacht, hatte sich sogar um ihr Wohlbefinden gesorgt.

Das habe ich gar nicht für möglich gehalten, gestand Astrid sich selbst ein. *Ich habe immer gedacht, nur sie blockt alle Gespräche ab. – Was heißt das eigentlich: Was muss sie endlich tun?*

Jetzt erinnerte sie sich an das Telefongespräch. Ja, es war wirklich nur belanglos gewesen, wie immer. Mutter hatte zwar nachgefragt, aber es war

Astrid nicht in den Sinn gekommen, ihr persönliche Dinge anzuvertrauen. Dabei hatte sie gerade am Tag zuvor solche Probleme mit ihrer Arbeitskollegin gehabt, die Astrid aalglatt übergangen und ein wichtiges Projekt für sich selbst an Land gezogen hatte. Wie soll man da vergeben und die Liebe Gottes vorleben?!?

Siedend heiß fiel es Astrid ein: *Ich habe mich tatsächlich nicht einmal erkundigt, ob die Zahnfleischentzündung bei Mutter abgeklungen war.* Astrid erschrak über sich selbst.

Der Eintrag vom 2. August war die letzte Notiz im Heft.

Wenn ich nur geahnt hätte, dass Mutter solche Gedanken hatte! Jetzt ist es zu spät. Oder?

Astrid zog die Schublade im Ganzen aus dem Nachtschrank heraus.

Die Bündel im hinteren Teil fassten tatsächlich ebenfalls exakt jeweils zehn Hefte zusammen. Ein quadratischer Notizzettel auf jedem Bündel gab Jahreszahlen an: Ganz hinten links begann es mit „1977-1980" und ging dann chronologisch, jeweils zwei bis drei Jahre zusammenfassend, durch die Jahrzehnte.

Astrid starrte auf die Hefte und grübelte. *Vielleicht sollte ich diese persönlichen Dinge einfach ungelesen wegwerfen,* überlegte sie. *Doch andererseits – ich möchte meine Mutter kennenlernen. Auch wenn es jetzt zu spät ist.*

1977: Da war ich gerade sechs Jahre alt, überlegte Astrid. *Und sie, meine Mutter, war fünfunddreißig, noch vier Jahre jünger, als ich jetzt bin!*

3. Januar

Hans muss heute schon wieder arbeiten, aber Astrid hat noch Ferien. Sie macht sich ganz ordentlich in der Schule, kann schon ein wenig lesen. Klaus geht im Sommer in den Kindergarten, nächste Woche kann ich ihn anmelden.

29. März

Heute großer Frühjahrsputz. Habe sogar alle Fenster geputzt.

10. Mai

Astrid und Klaus kamen völlig verdreckt aus dem Garten. Musste alles zweimal waschen und den Flur putzen. Kinder sind auch noch frech dabei.

Astrid blätterte durch die Hefte. In den ersten Tagebüchern stand lauter Alltagskram; eine unermüdliche Aufzählung von Pflichten und Tätigkeiten.

Persönliche Bemerkungen ihrer Mutter fand Astrid nicht.

Sie nahm den nächsten Stapel zur Hand.

1981: Da wurde ich zehn und war schon in der vierten Klasse. Ob Mutter wohl irgendetwas über mich geschrieben hat?

Astrid ging Seite um Seite durch. Auf der vorletzten Seite sprang ihr der eigene Name entgegen.

16. Juni

> *Astrid hat mich heute gefragt, ob ich mit ihr und Klaus „Mensch, ärgere dich nicht" spielen will. Ich konnte nicht, musste doch die Wäsche zu Ende bügeln und für morgen einen Kuchen backen. Astrid war enttäuscht. Aber ich will für Hans und die Kinder sorgen, damit sie es gut haben. Manchmal ist es schwer, die Pflicht zu erfüllen. Später wissen sie vielleicht, dass ich mein Bestes getan habe.*

Astrid schüttelte perplex den Kopf.

Sie konnte sich an dieses Ereignis nicht mehr erinnern, aber eine ganz neue Erkenntnis sickerte durch die Worte aus dem Tagebuch in ihre Gedanken: „Lieben" war für ihre Mutter möglicherweise die Erfüllung ihrer Pflichten als Hausfrau und Mutter gewesen.

Eigenartig.

Gezielt suchte Astrid nun nach den Aufzeichnungen aus dem Jahr 1983.

In jenem Sommer war Mutter für sechs Wochen in einer Kur gewesen und Papa war mit den beiden Kindern allein vierzehn Tage an die Ostsee gefahren. In der restlichen Zeit war Papas alte Tante Elisabeth gekommen, um auf Astrid und Klaus aufzupassen, denn Papa musste arbeiten und die Schule hatte schon wieder angefangen.

Ausgerechnet zu der Zeit hatte sie ihre erste Periode bekommen, schon mit zwölf. Die Peinlichkeit, die sie damals empfunden hatte, machte Astrid die ganze Geschichte unvergesslich.

19. Juli

Bin jetzt schon seit drei Tagen hier. Ärzte und Personal sind nett, die Anwendungen tun gut. Bin froh, dass ich für eine Weile raus bin aus allem.

25. Juli

Heute erstes Gespräch mit Frau Lenz, nimmt sich viel Zeit. Meint, ich sollte meine persönliche Situation einmal gründlich überdenken. Am besten aufschreiben. Mal sehen.

1. August

Habe viel nachgedacht. Frau Lenz stellt gute Fragen. Es stimmt: Ich habe mich als Kind immer unter Druck gefühlt, musste immer die beste und liebste Schülerin sein. Aber das ist auch schon lange vorbei.

2. August

Frau Lenz hat nach meinem Glauben gefragt. Ich habe ihr das Wichtigste erklärt.

3. August

Sie hat recht. Es ist nicht meine eigene tiefe Überzeugung gewesen, aber Hans hat mich immer so damit bedrängt, deshalb habe ich mich bekehrt. Sonst hätte er mich auch nicht geheiratet. Aber ich glaube an Gott, das kann sie mir nicht ausreden. Und ich kenne meine Pflichten als Ehefrau und Mutter.

Solche persönlichen Dinge hatte sie von ihrer Mutter noch nie gehört; Astrid war regelrecht erschrocken.

Langsam begann sie zu begreifen, dass die „christlichen Regeln", die ihre Mutter immer so vehement verteidigt hatte, für sie nur ein äußerer Halt gewesen waren.

An den nächsten Stapel traute sich Astrid kaum heran. Die Jahreszahl 1984 schien wie mit brennenden Buchstaben geschrieben zu sein – das Jahr, als Papa starb.

Sie suchte den 29. Oktober. Es gab keinen Eintrag am 29., der letzte datierte vom 27. Oktober. Dann erst wieder zwei Wochen später.

11. November

Jetzt ist Hans schon fast zwei Wochen tot. Ich kann es immer noch nicht fassen. Heute in der Gemeinde waren alle sehr lieb, aber was wissen die schon.

8. Dezember

Er hat mich so allein gelassen. Die Kinder sind auch vollkommen durcheinander, aber was soll ich tun. Jetzt kann er mich nicht mehr unterstützen. Jetzt bin ich Witwe.

Astrid konnte in diesem Heft nicht weiter lesen. Sie wollte die Erinnerung an diese schreckliche Zeit nicht ausgerechnet jetzt an sich heranlassen.

Doch zum ersten Mal in ihrem Leben wurde ihr bewusst, dass auch ihre Mutter gelitten hatte.

Astrid wandte sich einem weiteren Stapel zu: 1986. *Da begannen meine wilden Jahre*, dachte sie und musste unwillkürlich grinsen.

13. September

Schon wieder Probleme mit Astrid. Seit sie fünfzehn geworden ist, ist sie unausstehlich. Heute wollte sie unbedingt in eine Disco und hat Krawall gemacht, als ich es ihr verboten habe. Ich fühle mich völlig überfordert. Ich will doch nichts falsch machen und halte mich an die Grundsätze, die ich von Hans und in der Gemeinde gelernt habe. Aber Astrid rebelliert immer und immer wieder. Was soll ich bloß machen? Ich kann sie doch nicht einfach laufen lassen.

Weiter und weiter las Astrid, ein Heft nach dem anderen wurde durchgeblättert.

Längst vergessene Begebenheiten drängten sich in die Erinnerung; dann, 1990, erloschen die gemeinsamen Erlebnisse, als Astrid in ihre erste eigene Wohnung zog.

Die Tagebuchnotizen wurden mit den Jahren immer persönlicher und Astrid überflog die meisten Eintragungen nur noch flüchtig. Im Dezember 2001 blieb sie stecken.

9. Dezember

Heute nach der Predigt habe ich lange mit Maria und Walther gesprochen. Ich konnte es nicht länger aufschieben, ich wäre daran zerbrochen. Endlich, endlich habe ich meinem Heiland Jesus Christus mein Herz gegeben. Ich weiß jetzt, dass er mir vergeben hat und dass er mir das ewige Leben geschenkt hat. Ich bin so glücklich, dass ich tanzen könnte!

Also hat sich Mutter doch tatsächlich bekehrt, staunte Astrid. *Warum hat sie es mir nie gesagt? Oder habe ich es einfach nicht wahrnehmen wollen? Habe ich selbst denn erzählt, dass ich Jesus wieder gefunden habe? Warum bloß haben wir nie wirklich miteinander geredet? Warum?*

* * *

Spät in der Nacht hockte Astrid vor dem Nachtschrank ihrer Mutter und legte die Tagebücher erneut zu Stapeln zusammen, allerdings ohne sie zu verschnüren. Das letzte, unvollendet gebliebene Heft nahm sie noch einmal zur Hand.

6. Mai

Die Predigt vom letzten Sonntag geht mir nicht aus dem Kopf. Vergebung – ich wünsche mir so sehr, dass Astrid und Klaus mir vergeben können. Ich habe vieles falsch gemacht und bis heute ist unsere Beziehung, vor allem zwischen Astrid und mir, von der Vergangenheit belastet. Ich würde so gern mit ihr sprechen, doch sie ist immer so kalt. Ich wage es nicht, sie auf das heikle Thema anzusprechen, ich fürchte mich vor Zurückweisung. Maria meinte, ich könnte ihr einen Brief schreiben. In der Gemeinde habe ich schon eine Karte gekauft.

25. Juli

Maria hat mich heute in der Gemeinde schon wieder darauf angesprochen, und sie hat ja recht. Ich muss es tun, auch wenn ich Angst davor habe. Gleich morgen fange ich an. Jetzt oder nie!

Das Heft in Astrids Hand zitterte.

Ein Briefumschlag rutschte heraus. Er war unverschlossen und enthielt eine Postkarte mit einem Bibelvers: *„Geliebte, lasst uns einander lieben. 1.Johannes 4,7“.* Auf der Rückseite stand: „Meine liebe Astrid!" Mehr nicht.

Astrid kniete auf dem Boden und begann endlich zu weinen. „Ach, Mama!", schluchzte sie. „Warum habe ich das alles nicht vorher gewusst? Warum ist es jetzt zu spät?" Sie weinte, bis sie keine Tränen mehr hatte.

* * *

Der gleißende Sonnenschein bei der Beerdigung ließ den Blumenschmuck hell und bunt leuchten. Als der Sarg ins Grab hinabgelassen wurde, zitierte der Prediger den allumfassenden Trost, den Jesus Christus selbst einer hoffnungslosen Trauer entgegensetzt: „Ich bin die Auferstehung und das Leben. Wer an mich glaubt wird leben, auch wenn er gestorben ist."

Astrid stand zusammen mit Klaus und Angie am offenen Grab. Die Tränen liefen ihr übers Gesicht, doch sie wischte sie nicht fort. *Wer an mich glaubt wird leben, auch wenn er gestorben ist – ja, das weiß ich, das glaube ich,* dachte Astrid.

Da flog ein weiterer Gedanke wie ein kleiner Vogel durch ihren Kopf: *Wenn Mama jetzt bei Jesus lebt und ich selbst bei meinem Tod auch bei Jesus bin – dann können wir vielleicht doch noch einmal ganz von vorn anfangen miteinander.*

Mit einem Mal fühlte Astrid sich wunderbar leicht und getröstet.

Herr Angeloh

Als Heinrich aus dem Zug stieg, begann es zu schneien. Dicke nasse Flocken fielen auf seinen Hut, auf den langen Mantel, auf den offenen Bahnsteig. Im Obergeschoss des Bahnwärterhäuschens brannte noch Licht, doch der Fahrkartenschalter war schon lange geschlossen. Heinrich atmete tief durch und machte sich auf den Heimweg.

Der Weg an der Landstraße entlang war stockdunkel. Gut drei Kilometer lang ging Heinrich zügig am Straßenrand; es wurde noch kälter, der Schnee blieb liegen und milderte die Dunkelheit.

Endlich hatte er das Dorf erreicht, dort gab es zumindest einige Straßenlaternen. Heinrich wandte sich nach rechts und ging eine steile Straße hinauf. Knapp hundert Meter vor ihm bemerkte er an der Hecke etwas großes Graues, das auf dem Boden kauerte. *Ein Hund?*

Er kam näher. Die Gestalt war ganz in sich zusammengesunken. Jetzt konnte Heinrich erkennen, dass ein Mensch dort hockte. Heinrich beschleunigte seine Schritte und hastete bergauf. Er rutschte zweimal aus, denn hier lag schon eine mehrere Zentimeter dicke Schneeschicht, und es schneite immer weiter.

Der Mann war wohl ausgerutscht und verletzt. Er lag auf den Knien im Schnee, stützte sich mit den Händen ab. Er trug keine Handschuhe und keinen Hut, nur einen schäbigen grauen Mantel. Neben seiner rechten Hand war der Schnee rot gefärbt. Auch auf dem Mantel waren rote Flecken zu erkennen.

Endlich war Heinrich herangekommen. „Kann ich Ihnen helfen?", keuchte er atemlos.

Der Fremde reagierte nicht. Er sackte nur plötzlich zusammen und landete mit dem Gesicht im Schnee.

Heinrich packte ihn und versuchte vorsichtig, den Mann aufzurichten.

Plötzlich bäumte sich die Gestalt auf und erbrach sich heftig.

Heinrich zuckte unwillkürlich zurück. Bevor der Fremde wieder in den Schnee sinken konnte, griff Heinrich beherzt zu und zog ihn hoch.

Der Mann war einen Kopf kleiner als Heinrich und ziemlich schmächtig. Sein Mantel und seine Hose waren nass und verdreckt, auf dem Boden neben dem Erbrochenen lag eine fast leere Rotweinflasche.

„Lass mich", brummte der Fremde undeutlich. „Komm allein klar."

Er versuchte Heinrichs Arm abzustreifen, doch Heinrich packte nur fester zu und sagte ruhig und bestimmt: „Sie müssen mit mir nach Hause kommen. Sie würden heute Nacht hier draußen erfrieren."

Heinrich musste den Mann fast wie ein Gepäckstück hinter sich her schleifen, als er sich wieder auf den Weg bergauf machte. Am oberen Ende der Straße bog er links in eine Wohnsiedlung ein. Nun hielt sich die Gestalt im grauen Mantel auf eigenen Füßen, wenn auch unsicher. Heinrich hielt ihn weiter untergehakt. Noch zweimal musste der Betrunkene stehen bleiben, um sich zu übergeben. Heinrich nahm einen eigenartigen Geruch wahr, ein Gemisch aus Rotwein und Erbrochenem.

„Hier wohne ich", sagte Heinrich, als er in einen der Vorgärten einbog und dabei einen Schlüssel aus der Tasche zog. „Sie können bei mir übernachten. Morgen früh sehen wir dann weiter."

Der Fremde drehte sich zu Heinrich um. Man sah ihm an, wie sehr er sich zusammenriss, um ein paar vernünftige Worte hervorzustoßen: „Hab kein Geld. Bin dreckig."

„Stimmt genau", bestätigte Heinrich säuerlich. „Und jetzt kommen Sie einfach mit." Er schloss die Haustür auf, und die beiden Männer betraten einen dunklen engen Flur. Heinrich drehte das Licht an. Die schwache Glühbirne gab nicht viel Licht, doch es reichte aus, um den desolaten Zustand des Fremden zu enthüllen.

Heinrich nahm den Hut ab, zog seine Handschuhe und seinen Mantel aus und atmete tief durch. Dann öffnete er eine Tür und trat in die Wohnküche. Eine angenehme Wärme schlug ihnen entgegen, die Kohlen im Ofen glühten noch.

„Anneliese, mein Schatz", sagte er weich. Eine junge Frau sprang auf, sodass ihr Strickzeug zu Boden fiel. Er nahm sie in den Arm.

„Ich habe noch jemanden mitgebracht", erklärte er dann. Anneliese musterte den kleinen Fremden mit den schwarzen Locken. Der junge Mann hielt den Blick gesenkt.

„Guten Abend", begrüßte Anneliese ihn. In seinen verdreckten Sachen wirkte er in der sauberen warmen Küche merkwürdig fehl am Platz.

Der Fremde blickte auf, wirkte aber ziemlich orientierungslos. Heinrich und Anneliese redeten freundlich auf ihn ein und begannen, ihm vorsichtig den Mantel auszuziehen. Er ließ alles mit sich geschehen.

Heinrich holte eine Schüssel mit Wasser und säuberte den Mann notdürftig, während Anneliese ein Laken, ein Kissen und zwei abgeschabte Wolldecken herbeischaffte. Auf dem wackligen Küchensofa wurde ein provisorisches Nachtlager hergerichtet.

Heinrich half dem Mann seine schmutzige Kleidung auszuziehen; unterdessen suchte Anneliese einen von Heinrichs Schlafanzügen heraus. Schließlich legten sie ihn wie eine große Puppe aufs Sofa. Heinrich füllte ein großes Glas mit Wasser und stellte es auf den Tisch.

„Schlafen Sie jetzt. Wir reden morgen. Gute Nacht."

* * *

Angelo schien es, als sei er von seinem eigenen Stöhnen erwacht. Er schlug die Augen auf, doch es blieb ziemlich dunkel. Er hatte einen ekelhaften Geschmack im Mund und fühlte sich, als ob eine Herde Wasserbüffel durch seinen Kopf galoppierte.

Langsam setzte er sich auf und versuchte, Ordnung in seine Gedanken zu bekommen. Er konnte vage erkennen, dass er sich in einer Küche befinden musste. Vor ihm stand ein großer Tisch mit vielen Stühlen, dahinter vermutete er einen Küchenschrank, einen Spülstein und einen großen Herd. Rechts schien ein Fenster zu sein; er glaubte, die ersten Anzeichen der Morgendämmerung zu erahnen. Es war kalt.

Angelo hörte ein Kichern und Scharren vor der Tür, dann eine Männerstimme. Die Tür öffnete sich einen Spalt, und ein Lichtstrahl drang ins Zimmer. Daraufhin steckte ein Mann den Kopf herein.

„Zeit zum Aufstehen", sagte er, „es ist schon fast halb acht. Ich lege Ihnen etwas zum Anziehen auf den Tisch." Der Mann drehte noch rasch das Licht an, dann war die Tür wieder geschlossen.

Wo bin ich hier bloß?, fragte sich Angelo. Er blickte sich um. Tatsächlich, eine Küche. *Und wie bin ich hierher gekommen?*

Langsam tauchten Bruchstücke seiner Erinnerung an die Oberfläche. Beschämt schloss er die Augen. Als er wieder das Kichern hinter der Tür hörte, stand er auf.

Hemd und Hose waren ihm viel zu groß, doch es lag ein Gürtel dabei. Als er die selbst gestrickten dicken Wollstrümpfe anzog, fragte die Männerstimme hinter der Tür: „Sind Sie fertig?"

„Ja", antwortete Angelo kleinlaut.

Die Tür öffnete sich ganz, und ein Mann und eine Frau kamen in die Küche, gefolgt von drei Kindern. Ein weiteres hielt die Mutter auf dem Arm.

„Guten Morgen", begrüßte der Hausherr ihn freundlich und auch seine Frau und die Kinder wünschten ihm einen guten Morgen.

„Ich bin Heinrich Schultze und das ist meine Frau Anneliese. Ich habe Sie gestern Abend auf der Straße aufgelesen. Ich hoffe, inzwischen geht es Ihnen etwas besser." Heinrich lächelte den Fremden wohlwollend an.

„Ja, danke", erwiderte der junge Mann und versuchte ebenfalls ein freundliches Lächeln. Er sprach mit einem singenden Akzent. „Ich heiße Angelo. Und vielen Dank, dass ... dass ich hier übernachten durfte. Ich will Sie nicht länger belästigen, ich gehe dann jetzt besser –„

„Bitte bleiben Sie noch zum Frühstück", schaltete sich Anneliese ein. „Ihre Sachen sind auch noch nicht trocken. Ich habe sie vorhin ausgewaschen, aber bei dem Wetter trocknen sie nicht so schnell ..."

Die drei größeren Kinder – zwei Jungen und ein Mädchen – betrachteten Angelo staunend, aber stumm. Erneut überwältigte ihn die Scham.

Zum Frühstück gab es Malzkaffee mit viel Milch, kräftiges Brot mit reichlich Butter und zwei Sorten selbst gemachter Marmelade. Heinrich eröffnete die Mahlzeit mit einem Gebet und dankte Gott für Angelos Bewahrung, für die Nachtruhe und das Essen.

Später saßen die beiden Männer allein im Wohnzimmer. Im Ofen knisterte es; dort brannten die ersten Zweige des geplünderten Weihnachtsbaums.

„Erzählen Sie", fordert Heinrich den jungen Mann auf. „Was ist passiert?"

* * *

Angelo ist Italiener, genauer gesagt: Halb-Italiener.

Angelos Mutter war als deutsches Dienstmädchen 1928 mit ihrer „Herrschaft" aus Brandenburg zur ausgedehnten Sommerfrische nach Italien gekommen. Als sie dort Angelos Vater kennenlernte, löste sie damit bei ihrer „gnädigen Frau" und deren Familie einen großen Skandal aus: Sie wurde auf der Stelle, noch in Italien, entlassen.

Hals über Kopf heiratete sie den gut aussehenden Italiener, der mit seinen Eltern und zwei Brüdern einen ärmlichen Bauernhof bewirtschaftete. Kurz darauf wurde Angelo geboren, ihm folgten weitere fünf Kinder.

Angelos Mutter war nie wieder nach Deutschland zurückgekehrt; nur ihre Muttersprache hatte sie wie einen Schatz an ihre Kinder weitergegeben.

Das Leben auf dem Land ist hart und ohne Perspektive. Angelo träumt vom Glück – und von Deutschland. Zehn Jahre nach dem Krieg, als die ersten Anwerber kommen und Arbeitskräfte für das Land jenseits der Alpen suchen, lässt Angelo alles hinter sich und macht sich auf den Weg.

Die Arbeit in der Besteckfabrik bringt zwar Geld, doch Angelo fühlt sich unglücklich und einsam. Sein Leben ist hart und eintönig. Er arbeitet zehn Stunden am Tag, sechs Tage in der Woche. Abends ist er so müde, dass er das Heimweh kaum noch spüren kann. Aber Angelo hält durch. Jeden Samstag, wenn er seine Lohntüte bekommt, träumt er davon, dass eines Tages sein Leben wieder bunt wird – auch wenn ihn jetzt dichte graue Wolken der Sehnsucht einhüllen.

Da tritt Hildegard in sein Leben …

Der Sommer brütete über der großen Stadt. Angelo war froh, dem stickigen Zimmer im Ledigenwohnheim zu entfliehen. An den Sonntagen war die Einsamkeit immer am schlimmsten. Er ging am Fluss entlang. Ein angenehmer Sommerwind streichelte sein Gesicht. Angelo sehnte sich nach Wäldern, Wiesen und Weite – und nach Freunden.

Erst vor Kurzem hatte er herausgefunden, dass es in der Stadt einen Botanischen Garten gab. Er machte sich auf den Weg, um den harten Steinen der staubigen Straßen und der grauen Fassaden für eine Weile zu entkommen. Bäume und Blumen schienen ihn schon am Eingangstor willkommen zu heißen. Doch was war das? In dem großzügig angelegten Park schien es noch mehr zu geben als nur ein Fleckchen Natur für seine wunde Seele.

Schon von Weitem hörte er Musik – Tanzmusik. Verblüfft hielt er inne. Eine beschwingte Menge bevölkerte das neu erbaute Palmenhaus und die Tanzfläche.

Angelo strahlte. Ja, so hatte er sich das Leben in Deutschland vorgestellt! Voller Freude stürzte er sich ins Getümmel.

Hildegard war das dritte Mädchen, das er zum Tanz aufforderte. Mit ihren glatten braunen Haaren und den kühlen blauen Augen erinnerte sie ihn sofort an seine Mutter. Angelo konnte zwar nicht gut tanzen, aber er war charmant und liebenswürdig. Seine überschwänglichen Komplimente brachten Hildegard zum Lachen, und am Abend begleitete er sie bis nach Hause. „Ciao bella", flüsterte er ihr zu und sein Herz stand in Flammen.

Von da an trafen sie sich fast jeden Sonntag, gingen tanzen oder ins Kino, machten lange Spaziergänge am Fluss oder verbrachten den Nachmittag in einer Eisdiele. Angelo erzählte Hildegard von seiner Heimat, seiner Familie und von seinem Traum, irgendwann einmal als reicher Mann nach Italien zurückzukehren.

Hildegard erzählte nicht viel. Sie lebte mit ihrer Mutter und zwei Schwestern zusammen in einer beengten Mietwohnung, arbeitete in einer Wäscherei und Heißmangel und liebte es, sich sonntags ausführen zu lassen.

Angelo arbeitete viel und lebte sparsam – die Sonntage mit Hildegard und gelegentliche Geschenke für sie waren seine einzigen größeren Ausgaben. Sein Traum von der Rückkehr nach Italien schloss bald auch Hildegard mit ein. Doch das Mädchen blieb merkwürdig still, wenn Angelo temperamentvoll vom Leben unter der südlichen Sonne schwärmte.

Wieder war es Winter geworden – Angelos zweiter Winter nördlich der Alpen. Er saß in seinem Wohnheimzimmer und fror trotz der beiden Jacken, die er um sich gewickelt hatte.

Heute ist der 6. Januar, dachte er, *epifania. Heute gibt es in Italien Weihnachtsgeschenke für die Kinder.*

Vor ihm stand eine Zigarrenkiste, die er bisher immer sorgsam versteckt gehalten hatte: seine gesamten Ersparnisse. Er zählte und nickte vergnügt. Ja, es müsste reichen für einen Anfang in Italien. Er hatte sich alles schon so oft ausgemalt. Jetzt war der Zeitpunkt gekommen, Hildegard zu fragen ...

Schneewolken hingen über der Stadt. Draußen war es schon dunkel, obwohl es noch früh am Abend war. Aufgeregt stieg Angelo die drei Treppen zu Hildegards Wohnung hoch. Hildegards Mutter öffnete ihm. Sie saß mit ihren Töchtern in der Küche.

„Angelo!", rief Hildegard erstaunt.

Angelo hatte den Hut abgenommen und drehte ihn in den Händen. „Ich möchte bitte – Kann ich kurz mit dir allein sprechen?"

Die Mutter nickte. „Ihr könnt ins Wohnzimmer gehen. Aber der Ofen ist nicht geheizt."

Hildegard setzte sich in einen Sessel und Angelo nahm ihr gegenüber auf dem Sofa Platz.

„Was ist los, Angelo?", fragte Hildegard besorgt. Noch nie hatte sie ihn so ruhelos erlebt.

Angelo beugte sich vor. Er nahm ihre Hand und dann sprudelten die Worte aus ihm heraus: Er wolle im nächsten Sommer nach Italien zurückkehren und er wolle sie mitnehmen. Er beabsichtige, dort ein Geschäft zu eröffnen. Er habe viel gespart, und er sei sich sicher, eine Familie ernähren zu können. Und sie sei so hübsch und so lieb und so sanft, und er liebe sie so sehr ... und ob sie ihn heiraten wolle. Das Temperament übermannte ihn und er kniete vor ihr nieder.

Hildegard war wie vor den Kopf geschlagen. Angelo heiraten? Mit ihm nach Italien gehen? Sie hatte die Sonntage mit Angelo immer genossen, aber ihre Zukunftspläne sahen anders aus. Sie war nicht abenteuerlustig; sie brauchte Sicherheit. Schöne Kleider, Kino und Tanzen waren ihr wichtig – und sie wusste sehr wohl, dass Angelo dafür im Grunde nur wenig übrig hatte. Von ganzem Herzen strebte sie nach einem „besseren" Leben. Angelo würde ihr das nicht bieten können – ein Leben an seiner Seite würde hart. Zu hart für sie.

Sie blickte Angelo traurig an, denn sie wusste, dass sie ihm sehr wehtat. Dann schüttelte sie langsam den Kopf.

Angelo wusste kaum, wie er wieder zurück ins Wohnheim gekommen war. Seine Augen brannten und sein Herz war verzweifelt. Hildegard hatte ihn abgewiesen. Seine Träume waren zerplatzt. Nichts war mehr, wie es sein sollte.

Vor der Tür seines Zimmers stand ein Postpaket. Er las den Absender und schluchzte laut auf. Seine Großmutter hatte ihm Weihnachtsgeschenke geschickt; eine Flasche italienischen Rotwein und einen Panettone. Ein Zettel lag dabei. „Mein lieber Angelo! Buon Natale. Ich schicke dir Grüße aus der Heimat. Wann kommst du wieder zurück? Ti amo. Deine Nonna."

Die Nacht wurde qualvoll. Am nächsten Mittag bei der Arbeit nahm ihn der Vorarbeiter zur Seite und schickte ihn nach Hause: „Leg dich ins Bett und kurier dich zwei Tage aus. Am Montag sieht die Welt schon wieder ganz anders aus."

Der traurige Italiener nickte stumm, gehorsam und willenlos.

Lange Zeit saß Angelo auf seinem Bett. Dann nahm er die Weinflasche, steckte sie in die Manteltasche und verließ das Haus. Die Stadt wirkte wie ein Gefängnis: drohende Häuser, kahle schwarze Bäume. Er wollte Landschaft sehen, Wälder und Berge. Und er wollte vergessen.

Am Busbahnhof stieg er in den ersten Bus, den er sah. Der Überlandbus fuhr und fuhr, hinaus aus der Stadt, weiter, immer weiter. Als es dunkel wurde, stieg Angelo irgendwo aus. Er ging ohne Ziel, nahm immer wieder einen Schluck aus seiner Flasche. Der ungewohnte Alkohol wirkte rasch.

* * *

Angelo hatte rasch und aufgewühlt erzählt. Nun schwieg er und blickte Heinrich an. „Was soll ich jetzt tun? Wieso ist bloß alles schief gegangen?", seufzte er schließlich.

„Sie haben Hildegard sehr lieb, nicht wahr? Aber welche Grundlage hat Ihre Liebe?", fragte Heinrich vorsichtig.

Angelo sah ihn verständnislos an. „Was meinen Sie damit, Grundlage? Sie ist hübsch, sie ist lieb, sie ist ... Ich möchte sie heiraten. Das ist die Grundlage."

Heinrich nickte besonnen.

„Sehen Sie", erklärte er dann, „die Grundlage *meines* Lebens ist mein Glaube an Gott. Auf dieser Grundlage haben Anneliese und ich uns kennengelernt, und auf dieser Grundlage haben wir eine Familie gegründet. Für uns war es wichtig, Gottes Gedanken zu unserer Ehe zu kennen. Auf diese Weise kann eine Beziehung ein tragfähiges Fundament bekommen."

„Ich glaube auch an Gott", erwiderte Angelo. „Meine Nonna, also meine Großmutter, hat mich früher immer mit zur Kirche genommen. Aber ich habe nie gewusst, dass Gott auch etwas mit meinem normalen Leben zu tun hat. Wie soll denn das gehen?"

„Lernen Sie Gott kennen, lassen Sie ihn bewusst an Ihrem Leben teilhaben." Heinrich spürte, wie theoretisch diese Worte klangen. Wie konnte er Angelo praktisch erklären, was das Leben mit Gott für ihn persönlich und für seine Ehe bedeutete?

Der Italiener unterbrach seine Gedanken. „Und was ist mit Hildegard?", stieß Angelo hervor.

Heinrich überlegte einen Moment. Er wollte Angelo zu gern klar machen, welche Grundlage eine Liebe haben kann. Wie könnte er verdeutlichen, was das Zentrum seines Lebens mit Anneliese ausmachte? Vorsichtig begann er zu schildern, wie er seine Frau kennengelernt hatte.

* * *

Ein Jahr nach Kriegsende, im Sommer 1946, leitete Heinrich gemeinsam mit drei anderen jungen Männern aus seiner Gemeinde ein Zeltlager für Kinder. Aus verschiedenen befreundeten Gemeinden kamen weitere junge Leute zur Unterstützung, unter anderem einige junge Frauen, die im Küchenzelt für die Verpflegung sorgten.

Anneliese war eine von ihnen: Tatkräftig und fröhlich arbeitete sie und brachte mit ihrem unbekümmerten Gesang viel Schwung in die Gruppe. Abends saß sie häufig mit am Lagerfeuer und begleitete die Lieder mit ihrer abgeschabten Wandergitarre. Und wenn morgens die Kinder noch schliefen und die Mitarbeiter sich zum Gebet trafen, war Anneliese immer dabei.

Heinrich war schon am ersten Tag auf sie aufmerksam geworden: Ihr Lachen, ihre Lieder, aber auch der liebevolle Umgang mit den Kindern und ihre tief gehenden Gebete beeindruckten ihn.

Als das Zeltlager zu Ende ging, bat er sie um ihre Adresse. Errötend und mit einem verlegenen Lächeln schrieb Anneliese dem ernsthaften jungen Mann ihre Anschrift auf.

Woche für Woche schrieb Heinrich ihr einen langen Brief. Er fragte nach ihrem Wohlergehen und ihren Gedanken, er erzählte von seinem Alltag in seiner Familie, bei der Arbeit, in der Gemeinde.

Treu beantwortete Anneliese jeden seiner Briefe, erzählte viel von sich selbst, und mit jedem Brief wuchs ihre innere Vertrautheit. Als Heinrich in der Adventszeit ankündigte, sie besuchen zu wollen, erschrak sie fast über ihre eigene unbändige Freude.

Der Besuch des Gottesdienstes, der Nachmittag bei Annelieses Familie, die guten Gespräche und das gemeinsame Gebet brachten sie einander noch näher als alle Briefe – doch bis Ostern spielte sich ihre Freundschaft weiterhin auf dem Papier ab.

Als sie sich dann wieder trafen und Heinrich schließlich um ihre Hand anhielt, sagte Anneliese von ganzem Herzen Ja. Sie nutzten ihre Verlobungszeit, um sich darüber auszutauschen, welches Bild von der Ehe die Bibel entwirft und wie sie dieses Bild in ihrem gemeinsamen Leben umsetzen könnten. Ihr Glaube an Jesus Christus war immer die Basis gewesen, auf der das junge Paar auch turbulente Zeiten überstehen konnte.

* * *

Heinrich erzählte, und Angelo spürte die Kraft in seinen Worten, wenn ihm auch viele Dinge sehr fremd vorkamen. „Ich weiß nicht, ob ich das noch lernen kann", meinte er schließlich zweifelnd. „Ich glaube, ich muss ganz von vorne anfangen."

Heinrich schloss die Augen und schwieg eine Weile. Dann blickte er auf und sah Angelo in die Augen. „Ich kann Ihnen einen Vorschlag machen", sagte er dann bedächtig. „Wenn Sie möchten, dann können Sie eine Weile bei uns wohnen. Es ist etwas beengt, aber wir können Ihnen eine kleine Kammer im Obergeschoss anbieten. Sie können an unserem Familienleben teilnehmen und unseren Glauben kennenlernen. Wenn Sie im Gemüsegarten und im Hühnerstall mithelfen, brauchen Sie keine Miete zu zahlen. Und ich kann mit Fabrikant Mühlberg hier im Dorf sprechen; er sucht immer fleißige Arbeiter. Ich arbeite selbst auch in seiner Fabrik."

Heinrich stand auf und legte dem jungen Mann eine Hand auf die Schulter. „Überdenken Sie meinen Vorschlag in aller Ruhe; ich werde kurz mit Anneliese sprechen und dann noch Schnee fegen gehen. In einer halben Stunde reden wir weiter."

* * *

„Also gut, Sie können bei mir anfangen. Wenn Heinrich Schultze sich für Sie einsetzt, dann geht das in Ordnung, Herr ... ähh ..." – Fabrikant Mühlberg schielte auf den Personalbogen, der vor ihm lag – „Herr Angeloh." Das ungewohnt weiche Italienisch wollte nicht über seine Lippen gehen. „Ich hoffe, Sie fühlen sich lange wohl bei uns, Herr Angeloh."

„Danke, Herr Direktor", stieß Angelo hervor und fuhr sich nervös mit der Zunge über die Lippen.

Die Situation war noch völlig neu für ihn, doch im Grunde seines Herzens war er zuversichtlich: Er freute sich auf die Zeit bei Heinrich und Anneliese und ihren Kindern. Von Anfang an hatte er das Gefühl gehabt, dass nicht nur Menschen in diesem einfachen kleinen Häuschen lebten – auch Gott hatte dort seinen festen Platz. Und Angelo hatte sich fest vorgenommen, das Lebensfundament seiner neuen Freunde selbst zu erforschen.

Ob der große und allmächtige Gott ihn auch so problemlos annehmen würde wie Fabrikant Mühlberg? *Darüber muss ich unbedingt heute Abend mit Heinrich sprechen*, dachte Angelo und verließ das Büro des Direktors mit federnden Schritten.

Die Meinungsumfrage

Gelangweilt saß Vanessa an ihrem Klapptisch und rührte in ihrer dritten Tasse Kaffee. Es war erst elf Uhr. Der Vormittag war noch längst nicht zu Ende. Draußen war es kalt und nass – schon seit Stunden regnete es unaufhörlich.

Vanessa hatte lange geschlafen, ausführlich geduscht, ein bisschen gefrühstückt. Dann hatte sie bei ihrer Freundin Linda angerufen. Aber mit Linda konnte man nicht mehr einfach telefonieren wie früher – seit sie vor sechs Wochen das Baby bekommen hatte, war sie entweder hundemüde oder im Stress. Oder das Baby brüllte. Das Telefonat war nach wenigen Minuten zu Ende.

Vanessas Mutter war nicht zu Hause und ihr Vater betrachtete telefonieren noch immer als reinen Informationsaustausch. *Geht es dir gut? – Ja, bei uns ist auch alles in Ordnung. – Kommst du am Sonntag zum Frühstück? – Wir gehen heute Abend ins Kino. – Gibt es sonst etwas Neues? – Na, dann mach's gut.*

Es ist unglaublich frustrierend, arbeitslos zu sein, dachte Vanessa. *Und langweilig, total langweilig. Alle anderen sind um diese Tageszeit bei der Arbeit.*

Vanessa war nach ihrer Ausbildung nicht übernommen worden – nur die drei besten waren irgendwo im Unternehmen untergekommen. Vanessa hatte das viertbeste Ergebnis erzielt. *Pech gehabt.* Zurzeit bestand ihr Leben fast ausschließlich aus Bewerbungen schreiben, Fernsehen und Langeweile.

Schon wieder der Blick zur Uhr: fünf Minuten nach elf. Träge stand Vanessa auf, nahm ihre Kaffeetasse und ging zum Computer.

Nur belanglose Mails, hauptsächlich Spam. Und mal wieder zwei Absagen – auf ihre Bewerbungen von vorgestern hatte sie große Hoffnungen gesetzt. Noch nicht einmal zum Bewerbungsgespräch wurde sie eingeladen.

Vanessa seufzte tief. Dann machte sie sich, wie schon so oft, auf die Suche nach weiteren Stellenangeboten.
Anderthalb Stunden und drei Internet-Bewerbungen später streckte sich

Vanessa und lockerte die schmerzende Nackenmuskulatur. Es regnete immer noch. Das Joggen würde heute wohl völlig ausfallen.

Sie schielte zum Fernseher hinüber. Eigentlich nervte das Programm sie immer nur, aber was soll's? Irgendetwas *muss* man ja tun. Und für Computerspiele hatte sie nicht das Geringste übrig.

Vanessa wandte sich wieder ihrem Computer zu, um ihn herunterzufahren. Da sah sie rechts oben am Bildschirmrand einen Button, der himmelblau leuchtete.

Anonyme Religiöse Meinungsumfrage –
Sag uns deine Meinung!

Warum nicht? Das ist wenigstens mal etwas anderes, dachte Vanessa und klickte auf den Button.

Die ersten Fragen waren schnell abgehakt. Männlich oder weiblich? Alter? Vanessa markierte das Feld „18 bis 25". Religionszugehörigkeit? Das war in ihrer Familie nie ein Thema gewesen. Aber immerhin war sie zur Kommunion gegangen. Trotzdem war sie inzwischen aus der Kirche ausgetreten – Steuern wollte sie an diesen „Verein" nicht zahlen. Also wohl eher „religionslos".

In der nächsten Frage ging es um Gottesdienstbesuch: Oft – selten – nie? Vanessa zögerte: Sollte sie „nie" markieren oder vielleicht eher „selten"? Immerhin war sie zu Weihnachten noch mit ihrer Oma in der Kirche gewesen. Und außerdem im März zu Lindas Hochzeit. Aber vielleicht war das in dieser Umfrage gar nicht gemeint, oder? Schließlich markierte sie doch das Feld „nie".

„Haben Sie eine Bibel?", lautete die nächste Frage. *Ja, selbstverständlich*, dachte Vanessa, *hat mir irgendeiner zur Kommunion geschenkt, glaube ich. Sie müsste in meinem alten Kinderzimmer oben auf dem Regal liegen.*

Die folgende Frage entlockte Vanessa ein Stirnrunzeln: „Was ist die Bibel Ihrer Meinung nach?" *Was soll die Bibel schon sein? Ein Buch natürlich, was denn sonst?!* Sie betrachtete die drei Möglichkeiten, aus denen sie wählen konnte: Ein gewöhnliches Buch – ein übernatürliches Buch – weiß nicht. Eigentlich hatte sie noch nie darüber nachgedacht. Warum sollte denn die Bibel ausgerechnet ein „übernatürliches Buch" sein?

Vanessa kramte in ihrem Gedächtnis. Hatte sie im Religionsunterricht vielleicht irgendetwas dazu gelernt? *Die Bibel ist ein uraltes Buch, das steht fest. Mindestens 2000 Jahre alt, denn unsere Zeitrechnung hat ja irgendwie damit zu tun. Ob wohl irgendeiner weiß, wer die Bibel geschrieben hat?* Vanessa war unsicher. *Mose vielleicht? Oder Jesus? Aber das war ja auch gar nicht die Frage. Ist die Bibel nun ein gewöhnliches Buch oder ein übernatürliches Buch?*

Vanessa markierte das Feld „ein gewöhnliches Buch". Doch irgendwie kam es ihr vor, als ob damit die Sache noch nicht abgeschlossen wäre. Ihr fiel ein, was sie neulich im Vorübergehen im Schaukasten einer christlichen Gemeinde gesehen hatte. Da waren ein paar ganz unterschiedliche Bibelausgaben ausgestellt gewesen, und daneben stand: „Gott spricht. Auch heute. Die Bibel ist Gottes Wort."

Wenn das stimmt, dann ist die Bibel ja wirklich ein „übernatürliches Buch". Man müsste sich mal irgendwie damit beschäftigen, dachte Vanessa. *Ich weiß es einfach nicht. Ob man es wissen kann?*

Sie klickte weiter.

„Lesen Sie in der Bibel?"

Schon wieder die Bibel? Vanessa erinnerte sich, dass einige wichtige Dinge in der Bibel stehen müssen. Die Zehn Gebote. Die Bergpredigt. Das Vaterunser. Oder war das vielleicht eine Erfindung der Kirche? Aber selbst hatte sie eigentlich noch nicht in der Bibel gelesen. Diesmal gab es keinen Zweifel, welche der drei vorgegebenen Möglichkeiten „oft – selten – nie" sie wählen sollte.

Aber langsam wurde sie wirklich neugierig. Wenn sie das nächste Mal ihre Eltern besuchte, würde sie ihre Kommunionsbibel suchen und mitnehmen. Warum nicht mal darin lesen? *Nur Internet und Fernsehen ist ja auf Dauer auch keine Lösung.*

„Wofür leben Sie?", wollte man bei der nächsten Frage von ihr wissen.

Wenn ich das wüsste, dachte Vanessa. *Im Moment hat mein Leben keinen besonderen Sinn.* Was gab es denn hier für Auswahlmöglichkeiten?

Vanessa las: „Spaß haben/das Leben genießen – mich für andere einsetzen/Gutes tun – mein Leben ist sinnlos".

Ja, das Leben genießen und Spaß haben, das wäre schon schön. Aber dazu fehlt mir im Moment noch einiges: eine Arbeit, ein fester Freund, vielleicht irgendwann mal eine eigene Familie. Und ich würde auch gerne Gutes tun, wenn ich könnte. Nein, ganz sinnlos ist mein Leben nicht, aber irgendwie so ... so nichtssagend.

Vanessa zögerte. Welches Feld sollte sie denn nun markieren? „Spaß haben" oder „Gutes tun"? Für das Feld „Gutes tun" fühlte sie sich eigentlich doch noch zu jung – vielleicht, wenn man erst mal 30 ist oder so ... Schließlich wählte Vanessa doch „Spaß haben und das Leben genießen".

Sie nahm noch einen Schluck Kaffee, doch der war inzwischen kalt geworden. Vanessa verzog das Gesicht und klickte auf die nächste Frage.

„Glauben Sie an Gott?"

Hier gab es nur zwei vorgegebene Möglichkeiten: Ja oder nein. Im Grunde hatte sie sich noch nie wirklich Gedanken über diese Frage gemacht. In ihrem Alltag kam Gott jedenfalls nicht vor.

Vanessa erinnerte sich an eine Schulfreundin, die sehr gläubig gewesen war. Birthe hatte Vanessa häufig erzählt, dass sie für irgendetwas gebetet hatte, irgendwelche Situationen in der Schule meistens, und dass Gott ihr Gebet erhört hatte. Vanessa starrte weiter auf den Bildschirm. Ja oder nein? *Kommt ganz darauf an ... Irgendeine höhere Macht wird es schon geben, doch, das glaube ich. Wie man sie nennt, das ist doch eigentlich egal, oder? Also „ja". Nächste Frage.*

„Wer ist Ihrer Meinung nach Jesus Christus?"

Birthe hatte Gott meistens Jesus genannt, überlegte Vanessa. *Na, jetzt kommt dieser Jesus also auch noch ins Spiel.* Aber wer das war? *Was ist denn vorgegeben?*

Hier konnte sie sogar aus fünf Möglichkeiten wählen: „Vorbildlicher Mensch – Sohn Gottes – Religionsstifter – normaler Mensch – keine Ahnung".

Jesus war ein vorbildlicher Mensch, ganz bestimmt. Er hatte doch Menschen geheilt. Und er war auch gewaltlos, wie Mahatma Gandhi. Aber aus dem Religionsunterricht wusste Vanessa noch, dass Jesus der Sohn Gottes genannt wurde. Vielleicht sollte sie dann besser dieses Feld markieren? Und ein Religionsstifter war er ja schließlich auch, oder etwa nicht? Nein, ein normaler Mensch war er jedenfalls nicht. Aber unter den ersten drei Möglichkeiten konnte sie sich beim besten Willen nicht entscheiden.

Vanessa versuchte, diese Frage zu überspringen, doch das System führte sie immer wieder dahin zurück. Es war auch nicht möglich, alle drei Felder zu markieren – sie musste sich entscheiden. Einen kurzen Augenblick zog sie in Erwägung, einen alten Abzählreim aus ihrer Kindheit zu verwenden, aber das kam ihr schließlich doch zu albern vor. *Also gut*, dachte Vanessa, *dann markiere ich eben „keine Ahnung".*

Weiter geht's.

„Was kommt nach Ihrer Meinung nach dem Tod?"

Erschrocken betrachtete Vanessa diese Frage auf dem Bildschirm.

Der Tod ist noch weit, weit weg. Damit kann ich mich beschäftigen, wenn ich alt bin. Aber andererseits weiß man ja nie – es passieren immer so viele Unfälle ... und dann? Was kommt dann?

Die Vorschläge auf dem Bildschirm lauteten: „Gar nichts – es geht irgendwie weiter".

Gar nichts? Sollte wirklich mit dem Tod einfach Schluss sein? Vanessa zögerte. Nein, irgendwie hatte sie das Gefühl, dass es noch mehr geben muss.

Wenn es einen Gott gibt, dann muss er schon dafür sorgen, dass es nach dem Tod irgendwie weitergeht. Hoffentlich heißt es nicht in der nächsten Frage: Wie geht es Ihrer Meinung nach weiter?, dachte Vanessa. *Da hab ich wirklich keine Ahnung. Ob das wohl überhaupt jemand weiß? Ich wüsste es schon gern.* Vanessa markierte „es geht irgendwie weiter" und klickte auf die nächste Seite.

„Sind Sie sich Ihrer Meinung sicher?"

Nein, das bin ich überhaupt nicht, murmelte Vanessa und markierte das entsprechende Feld. Dann las sie die nächste Frage. „Möchten Sie Gott persönlich kennenlernen?"

Ja, dachte Vanessa, *wenn das geht, dann wäre das cool. Er kennt bestimmt die richtigen Antworten auf all diese Fragen. Ich würde dann einfach Gott selbst fragen: Wer war denn nun eigentlich dieser Jesus wirklich? Und wie geht es denn nach dem Tod weiter? Und was ist das für ein Buch, die Bibel? Ja, ich möchte Gott wirklich gern persönlich kennenlernen.*

Vanessa markierte „ja".

Eine neue Seite baute sich auf dem Bildschirm auf. „Gott möchte Ihnen begegnen. Lassen Sie sich von ihm ansprechen!" Nacheinander erschienen mehrere Sätze auf dem Monitor.

> *Gott spricht: Fürchte dich nicht, denn ich habe dich erlöst! Ich habe dich bei deinem Namen gerufen, du bist mein.*

> *Denn Gott hat der Welt seine Liebe dadurch gezeigt, dass er sei-*

nen einzigen Sohn für sie hergab, damit jeder, der an ihn glaubt, das ewige Leben hat und nicht verloren geht.

Ich bin der Weg, sagt Jesus, ich bin die Wahrheit, und ich bin das Leben. Zu Gott, dem Vater, kommt man nur durch mich.

Vanessa las aufmerksam, dann lehnte sie sich auf ihrem Schreibtischstuhl zurück und schloss die Augen. Die Worte, die sie zuerst gelesen hatte, beeindruckten sie besonders. „Ich habe dich bei deinem Namen gerufen …"

Das klang so … liebevoll, so persönlich. Sie stellte sich vor, wie ein Kind in die geöffneten Arme seines Vaters läuft.

Den nächsten Satz hatte sie nicht richtig verstanden. Sie setzte sich auf und las die Worte noch einmal. Gottes Sohn, das musste wohl Jesus sein. Und dass Gott ihn aus Liebe für die Welt „hergibt"? Das Wort „Kreuzigung" kam ihr in den Sinn. Ob das damit gemeint war? Aber was sollte das zum Schluss heißen: „Verloren gehen"? *Wenn man das so liest,* dachte sie, *muss das wohl das Gegenteil vom ewigen Leben sein, oder? Man müsste mal einen fragen, der sich damit auskennt.*

Der dritte Satz war zumindest klar und einfach zu verstehen: Ohne Jesus kommt keiner zu Gott. Vanessa stutzte. Das hatte ihre Schulfreundin Birthe doch auch immer gesagt! Ob sie Birthes Telefonnummer nicht noch irgendwo hatte?

Vanessa konnte es sich selbst kaum erklären, aber in ihr arbeitete es. Das Thema „Glauben" hatte sie irgendwie gepackt. Sie wollte plötzlich der Sache auf den Grund gehen.

Als sie wieder auf dem Bildschirm blickte, bemerkte Vanessa einen kleinen Hinweis: „Wenn Sie mehr Informationen wünschen, klicken Sie hier." Der Mauszeiger flog fast zur entsprechenden Stelle.

Ja, sie musste unbedingt noch mehr davon hören.

Im Spinnennetz

Der Himmel war noch zartrosa gefärbt, obwohl die Sonne schon längst untergegangen war. Die warme Nachtluft drang durch die geöffneten Autofenster und spielte mit Verenas Haaren, zupfte an der weißen Blüte, die über ihrem rechten Ohr in die kunstvolle Frisur gesteckt war. Matthias hatte schon beim Einsteigen Jackett und Krawatte abgelegt und den obersten Hemdenknopf geöffnet; trotzdem wirkte er erhitzt.

„Ich hätte mir unsere Hochzeit gar nicht schöner vorstellen können!", sagte er begeistert, während er auf die Schnellstraße einbog.

„Ja, ich fand es auch wunderschön ... vor allem die Predigt von Christoph. Ich bin froh, dass er so viel darüber gesagt hat, was – nein: wer der Mittelpunkt unserer Ehe werden soll. Vielleicht haben ja auch meine Eltern diesmal wirklich zugehört. Ich glaube, meine Mama wäre gar nicht so abgeneigt, noch mehr von Jesus zu erfahren. Aber sie traut sich nicht zu fragen, denn mein Vater ist immer so aufbrausend und will von diesem ganzen Quatsch – wie er immer sagt – nichts hören."

„Das wäre wirklich super, wenn deine Eltern unseren Glauben nicht immer so von vornherein ablehnen würden. – Aber zumindest hat deiner Mutter der Gottesdienst und auch die Feier später sehr gut gefallen. Das hat sie mir noch kurz vor unserer Abfahrt vorhin gesagt. Der Sketch von Jonas war aber auch wirklich echt lustig!"

„Und dieses witzige umgedichtete Lied von Melanie – einfach super!"

Verena lachte laut auf.

„Die ernsthaften Beiträge sind aber auch total gut angekommen. Ich hätte nie geglaubt, dass Stefan und Marina ihre guten Wünsche für uns so perfekt formulieren und präsentieren können. Ich habe dabei jedenfalls eine Gänsehaut gekriegt! Sogar meine Schwester hatte Tränen in den Augen."

Die Sommernacht duftete nach frischem Heu, und auf der Schnellstraße war nur wenig Verkehr.

„Sieh mal, auf dem Schild steht: Königshausen 8 km. Wenn wir dieses Nest jetzt noch ohne Probleme wiederfinden, dann sind wir in zehn Minuten im Hotel!"

Verena lächelte und sah Matthias liebevoll an. „Und stell dir vor", sagte sie, „morgen Nachmittag liegen wir dann schon am Strand!"

Als sie eine Hügelkuppe passierten, tauchte vor ihnen ein schwarzer Kleinwagen auf. Eine Weile fuhren sie hinter dem Auto her. Verena studierte die Karte.

„Da müsste jetzt gleich eine lang gezogene Rechtskurve kommen und dahinter geht es sofort links ab nach Königshausen. Diese Abzweigung dürfen wir auf keinen Fall verpassen."

„Gut, da – Was macht die denn da?!"

Die Fahrerin des Kleinwagens schien mit den Händen durch die Luft zu fuchteln; das Fahrzeug wurde plötzlich langsamer und fuhr Schlangenlinien. Abrupt musste Matthias abbremsen. Das Brautauto schlingerte und geriet auf die Gegenfahrbahn.

* * *

„Fahr doch bitte nicht so schnell, wir haben es überhaupt nicht eilig."

Herr Schneider reagierte nicht auf die Bitte seiner Frau. Er starrte auf die Fahrbahn und fuhr mechanisch weiter.

„Hat dir das Fest nicht auch gut gefallen?", versuchte Frau Schneider nach einer Weile ein Gespräch anzuknüpfen.

Ihr Mann knurrte nur eine undeutliche Antwort.

Resigniert seufzend sah sie aus dem Fenster. *Wie glücklich Verena aussah,* dachte sie sehnsüchtig. *Waren wir je so glücklich? Natürlich gönnt man seiner einzigen Tochter nur das Beste, aber manchmal könnte ich fast eifersüchtig werden.*

Ein lauter und ärgerlicher Ausruf ihres Mannes ließ Frau Schneider zusammenzucken.

„Was ist denn los?"

„Da vor uns: Polizei, Rettungshubschrauber. Um die Uhrzeit! Bestimmt ein Besoffener." Er schimpfte noch vor sich hin, als er kurz vor der Absperrung stehen bleiben musste.

Die Unfallstelle war unübersichtlich, direkt in einer Kurve gelegen. Die Polizei hatte bereits eine Vollsperrung veranlasst. Starke Scheinwerfer beleuchteten den Unfallort.

Ein schwarzer Kleinwagen stand rechts an der Böschung; eine Frau lehnte daneben. Sie wurde von einem Polizisten befragt, schüttelte aber immer wieder nur den Kopf. Ein Transporter stand quer zur Fahrbahn;

lange Bremsstreifen zeugten von dem Versuch, den Aufprall abzuwenden – offenbar ohne Erfolg. Ein völlig zertrümmertes Autowrack war vor dem kleinen Lastwagen kaum noch zu erkennen. Ein weißer Stofffetzen mit großen roten Flecken lag am Straßenrand.

„Wie lange dauert das denn hier noch?“, wandte sich Herr Schneider ungeduldig an einen der Polizisten.

„Das ist noch nicht abzusehen. Zuerst müssen die Unfallopfer abtransportiert werden. Schreckliche Sache. Offenbar ein Brautpaar, beide sofort tot. Der Fahrer des Transporters schwer verletzt, da kommt gerade der Hubschrauber.“

Frau Schneider stieß einen gequälten Schrei aus, sprang aus dem Auto.

„Bitte bleiben Sie sitzen, Sie können hier nicht mehr helfen“, rief der Polizist hinter ihr her, doch die Mutter war schneller.

„Verena!“, schrie sie immer wieder. „Verena!“

* * *

Zwei Weihnachtssterne mit scharlachroten Blättern auf der Fensterbank, hellgelb gestrichene Wände, mehrere große eingerahmte Fotos: Landschaftsaufnahmen zu verschiedenen Jahreszeiten. Frau Schneider sah sich vorsichtig im Zimmer des Therapeuten um. War das wirklich der richtige Weg für sie? Ihr Mann hatte von Psychotherapie nie etwas gehalten.

Aufmerksam hörte der Psychologe zu, fragte behutsam nach.

„Das ist nächsten Monat genau zehneinhalb Jahre her, aber ich habe noch nie mit einem Menschen darüber gesprochen“, beklagte Frau Schneider leise. „Mein Mann wollte nichts davon hören – dabei war Verena doch auch seine Tochter! Aber er war immer so ... so verbissen, so unfreundlich. Nein, wir hatten keine gute Ehe. Er war viel älter als ich, fast zwanzig Jahre, und im Grunde ist es gut, dass er jetzt gestorben ist.“

Erschrocken hielt sich Frau Schneider die Hand vor den Mund. So etwas hatte sie eigentlich nicht sagen wollen, aber der Therapeut beruhigte sie.

Stockend berichtete sie weiter. Der Schmerz und die bodenlose Verzweiflung waren mit der Zeit etwas verblasst. Geblieben waren Bitterkeit und Hass – Hass gegenüber der Frau, die den Unfall verursacht hatte.

„Ich will dieses beißende Gefühl loswerden, aber ich weiß nicht, wie. Ich kann einfach nicht vergessen, dass sie durch ihre Gedankenlosigkeit das Leben meiner Tochter ausgelöscht hat – an ihrem Hochzeitstag! Die beiden hatten noch so viel vor! Und dieser Jesus, an den sie so geglaubt haben – was ist das nur für ein Gott!"

Frau Schneider richtete einen herausfordernden Blick auf den Psychologen.

Mitfühlend schaute er sie an. „Wie Sie wissen, verbinde ich meinen Beruf mit meinem Glauben. Ich bin nicht nur Psychotherapeut, ich bin auch gläubiger Christ. Vermutlich haben Sie mich bewusst deshalb aufgesucht, nicht wahr? Wenn wir uns mit Ihrem Problem, diesen Hassgefühlen, beschäftigen, dann werde ich in den Therapiestunden auch darauf hinweisen, wie Gott Ihre seelischen Wunden heilen will. Aber ich kann Ihnen nur einen Weg zeigen; gehen müssen Sie ihn selbst."

Frau Schneider nickte zögernd. Sie hatte so etwas Ähnliches schon erwartet. All die Jahre hatte sie sich von „diesem religiösen Zirkus" ferngehalten, wie ihr Mann sich auszudrücken pflegte, aber immer wieder hatte es in ihrem Herzen genagt.

„Ach, Mama, lass dich doch einfach mal darauf ein, selbst herauszufinden, wer Jesus ist!", hatte Verena so oft zu ihr gesagt.

Jetzt war die Zeit gekommen.

* * *

Lange, vielleicht zu lange hatte Frau Schneider gezögert. Der schreckliche Unfall, der ihr Verena genommen hatte, lag jetzt schon fast fünfzehn Jahre zurück. So viel war seitdem geschehen – vor allem in den letzten drei Jahren. Sie hatte sich endlich auf die Suche nach Jesus Christus gemacht, so wie ihre Tochter es sich immer gewünscht hatte.

„… und deshalb habe ich Sie auch ausfindig gemacht und Ihnen geschrieben und Sie um Erlaubnis zu einem Besuch gebeten. Ich möchte Sie um Vergebung bitten, Frau Ehrenbach. Ich bitte Sie um Vergebung, dass ich so lange Zeit voller Hassgefühle gegen Sie war. Dass ich Ihnen in meiner Fantasie die schrecklichsten Dinge gewünscht habe."

Nervös und unsicher saß Frau Schneider einer blassen, schmalen Frau mit schwarz gefärbten langen Haaren gegenüber. *Endlich war es heraus.* Und jetzt? Was hatte sie erwartet?

Vom Fenster aus war ein verlassener Spielplatz zu sehen. Ein gutes halbes Dutzend Tauben umlagerte einen überquellenden Papierkorb; alle pickten unermüdlich im Müll.

Nicole Ehrenbach wusste nicht, was sie sagen sollte. Ihre Hände zitterten, als sie mechanisch die Kaffeetasse vom Tisch nahm, drehte und wieder abstellte. Die ältere Frau, die auf ihrem Sofa saß, war ihr unheimlich. Hätte sie sich bloß nicht auf diesen Besuch eingelassen!

Sie spürte, wie die alten Wunden wieder aufrissen, wie die Qualen aus der Vergangenheit sie einholten, Ströme von heißen Qualen wie Lavabäche, die ungestüm an die Oberfläche drängten. Die Bilder von damals standen ihr überdeutlich vor Augen. Abwehrend hob sie die Hände.

„Ich weiß gar nicht, was Sie von mir wollen! Ich habe das doch alles nicht mit Absicht getan! Und glauben Sie mir: Seit fünfzehn Jahren muss ich dafür büßen, was damals geschehen ist. Dabei hätte das jedem passieren können."

Trotzig zog sich Nicole in ihre Gedanken zurück.

Frau Schneider war ratlos. Still wartete sie ab und schloss die Augen.

Plötzlich brach es aus Nicole heraus. „Eigentlich wollte ich nie mehr davon sprechen, aber ..."

An jenem Sommerabend war sie auf dem Heimweg gewesen von einem der vielen unerfreulichen Besuche bei ihren Eltern. Den ganzen Abend hatte sie nur Vorwürfe gehört und die kleinlichen Streitereien ihrer Eltern gesehen.

Wenn nur diese Spinne nicht gewesen wäre ...

Schon immer hatte Nicole eine unerklärliche Angst vor Spinnen gehabt, und als dieses kleine Biest sich direkt vor ihren Augen von der Sonnenblende abseilte, verlor sie völlig die Kontrolle.

„Ich weiß, dass das alles völlig unsinnig klingt. Eine kleine Spinne ist kein Grund zur Panik, schon gar nicht beim Autofahren. Jahrelang habe ich darüber nachgegrübelt. – Es tut mir so Leid, glauben Sie mir. Es tut mir so Leid."

Auch für Nicole war das Leben an diesem Tag stehen geblieben. Sie hatte keine Zukunft mehr. Sie hatte nur noch eine Vergangenheit.

„Bei der Gerichtsverhandlung habe ich nur geweint; es war so schrecklich. Achtzehn Monate auf Bewährung habe ich bekommen und eine hohe Geldstrafe. Und sechs Monate Führerscheinentzug. Aber ich bin seitdem nie wieder Auto gefahren."

Frau Schneider zitterte innerlich, als ganz neue Gefühle in ihr aufstiegen. Die Hassgefühle verdorrten gänzlich, während ein zögerndes Mitleid in ihr keimte. In ihren Fantasien war Nicole Ehrenbach ein verantwortungsloses, gedankenloses Ungeheuer gewesen, aber hier saß Frau Schneider einer Frau gegenüber, deren Leben durch einen entsetzlichen Flüchtigkeitsfehler völlig aus den Fugen geraten war.

Ein Mann mit einem großen schwarzen Hund kam am Spielplatz vorbei. Die Tauben flogen auf, gingen aber sofort wieder an die Arbeit und widmeten sich weiter dem Müll.

Frau Schneider brach schließlich das bedrückende Schweigen. Sie sprach von ihrer Verzweiflung nach Verenas Tod. Die übermächtigen Gefühle hatten sie damals umstrickt wie ein Spinnennetz von Bitterkeit und Hass. Frau Schneider war sich vorgekommen, als sei sie den zerstörerischen Einflüssen hilflos ausgeliefert.

Sie verschwieg nicht die Erleichterung über den Tod ihres Mannes und berichtete Nicole aufrichtig von der Hilfe des Psychologen, der ihr die Augen für die Liebe Gottes geöffnet hatte. Schließlich war sie auf eine Gruppe Christen gestoßen, und im Laufe der Zeit hatte sie begriffen, dass auch sie Vergebung brauchte – und dass Jesus Christus für ihre Schuld am Kreuz bezahlt hatte. Ihr Leben war wieder heller geworden.

„Ich habe Gott bereits um Vergebung gebeten. Können Sie mir meinen Hass auch vergeben?"

Nicole Ehrenbach antwortete nicht, sondern brach unvermittelt in Tränen aus.

„Ich soll *Ihnen* vergeben? Aber *ich* werde doch diese ganze Schuld nicht los! Ich hänge auch in so einem Spinnennetz fest – genauso wie Sie es vorhin gesagt haben. Aber mich kann kein Psychologe da herausholen! Vier Therapeuten haben versucht, mir meine Schuldgefühle auszureden, aber sie sind immer noch da. Ich hatte geglaubt, sie wären tief in mir vergraben, aber nun ist alles wieder ins Licht gezerrt. Dann kann ich Ihnen auch gleich alles erzählen. Vielleicht legen Sie dann bei Ihrem Gott ein gutes Wort für mich ein."

* * *

Nicole war damals dreiundzwanzig gewesen, eine schmächtige und verunsicherte junge Frau. Sie lebte mal wieder allein, ihr letzter „Freund" hatte sie nach knapp vier Monaten verlassen, weil er sie „langweilig und hässlich" fand. Warum war sie immer nur an solche Typen geraten? Alle ähnelten in gewisser Weise ihrem Vater, der ihr immer wieder hämisch prophezeit hatte: Aus dir wird nie etwas!

Und er hatte ja recht behalten: Den Schulabschluss hatte sie nur mit Mühe und Not geschafft, eine Lehre als Verkäuferin abgebrochen, als ihr Vorgesetzter immer wieder zudringlich wurde.

Mit achtzehn fing Nicole an, hier und da zu jobben, um über die Runden zu kommen, denn ihre Eltern unterstützten sie nicht länger. Mit einundzwanzig dachte sie, sie hätte es geschafft: Eine feste Anstellung bei einer Kosmetikfirma, Fließband-Arbeit zwar, aber gut bezahlt. Eigene Wohnung, Führerschein, Auto – was will man mehr vom Leben?

Liebe, ja ... Sie hatte immer wieder Pech gehabt, war ausgenutzt worden, ausgenutzt und weggeworfen.

Dann war der Unfall passiert.

Der grauenvolle Tod des Brautpaars hatte Nicole einen entsetzlichen Schock verpasst. Nach der Gerichtsverhandlung war sie völlig zusammengebrochen; die Schuldgefühle, die Scham beherrschten all ihre Gedanken.

Eine Weile war sie krankgeschrieben, doch die Untätigkeit ließ die Bilder voller Blut und Chaos immer greller und plastischer werden. Sie versuchte „ganz normal" arbeiten zu gehen. Schuldgefühle, Depressionen und Selbstmordgedanken waren allgegenwärtig; die Arbeit überforderte sie. Immer wieder meldete sie sich krank, und nach einigen Monaten bekam sie die Kündigung.

Auch mehr als ein Jahr nach dem Tag, der ihr Leben in einen Albtraum verwandelt hatte, hatte sie noch keinen Boden unter den Füßen.

Spindeldürr und bleich hockte Nicole am Küchentisch und grübelte über einem Schreibblock. „Liebe Mama, lieber Papa", hatte sie geschrieben.

Sie las es, strich es durch, zerknüllte das Blatt.

„Liebe Eltern".

Nein, auch das nicht. Beim dritten Versuch ließ sie die Anrede weg.

„Ich kann nicht mehr weiterleben. Ich habe zwei Menschen umgebracht. Es tut mir alles entsetzlich Leid, aber ich bin an allem schuld. Ich bin so allein. Bezahlen kann ich das auch alles nicht. Es ist besser, wenn ich gehe."

Ein großes Glas Rotwein hatte sie schon vorher auf den Tisch gestellt. Nun nahm sie schnell hintereinander alle Tabletten, die sie in ihrer Schublade noch gefunden hatte. Ein wenig benebelt griff sie nach dem Küchenmesser und begann, auf ihre Pulsadern einzustechen. Das Blut spritzte. Nicole schrie und verlor das Bewusstsein.

Die Neugier ihres Vermieters rettete ihr das Leben. Hätte er, alarmiert durch ihren Schrei, bei einem Blick durch das Küchenfenster nicht das viele Blut gesehen, wäre ihr Vorhaben vielleicht geglückt.

Nach dem zweiten missglückten Selbstmordversuch fand sie sich in der Psychiatrie wieder. Jahrelange Therapien ließ sie über sich ergehen und irgendwann konnte sie wieder allein leben. Die Depressionen und die qualvollen Schuldgefühle waren in ihrer Seele verschanzt, wurden mühsam mit Medikamenten in Schach gehalten. Sie lebte ihr Leben nicht, sie ertrug es.

* * *

„Und da kommen Sie jetzt und reißen alles wieder auf! Überhaupt: Das mit der Vergebung, das verstehe ich einfach nicht. Es ist doch völlig normal, dass Sie mich hassen."

„Nein, ich hasse Sie nicht mehr. Ich habe erfahren, dass Gott mich liebt, obwohl ich Schlimmes getan habe. Und er liebt auch Sie. Darf ich für Sie beten?"

Perplex starrt Nicole die ältere Dame an, die steif auf dem Sofa sitzt und ihre Handtasche fest umklammert. Sie scheint es wirklich ernst zu meinen.

Langsam nickt sie. „Ja, beten Sie für mich. Vielleicht hilft es mir ja auch …"

Die Tauben flogen in einem weiten Bogen vom Spielplatz über die Straße und an Nicoles Fenster vorbei. Dann ließen sie sich auf dem Dach nieder.

Der Adventskalender

Ist es tatsächlich schon wieder so weit? Die Zeit rast wirklich nur so dahin. Gerade war doch erst Sommer … Ob es wohl am Alter liegt, dass das Jahr einem immer kürzer erscheint?

Frau Schweiger war fast sechsundsechzig Jahre alt, doch sie war groß und schlank und wirkte mit ihrer sportlichen Frisur mindestens zehn Jahre jünger.

Mit einem leicht spöttischen Gesichtsausdruck ging sie durch die festlich beleuchtete Fußgängerzone. Ja, wirklich, der November ging zu Ende, und alle Welt bereitete sich offensichtlich auf Weihnachten vor.

Es ist schon eigenartig, was die Menschen unter Weihnachten verstehen, dachte Frau Schweiger.

Die meisten Schaufensterdekorationen zeigten Weihnachtsengel und Weihnachtsmänner, Stanniolsterne, Kunstschnee und anderen Plunder. In den letzten Jahren schienen darüber hinaus Weihnachtselche und Weihnachtsbären immer beliebter zu werden. Und Lichter, Lichter überall in der dunklen, trüben Jahreszeit.

„Advent, Advent, ein Lichtlein brennt …", verkündete die verschnörkelte Auslage eines Ladens, der mit allerlei Geschenkartikeln und Kerzen vollgestopft war. Eine reiche Auswahl verschiedenster Adventskalender in der Schaufensterdekoration lud zum Kauf ein. Diese Art von Weihnachtsbräuchen war ihr immer schon sehr fremd gewesen.

Gedankenvoll blieb Frau Schweiger stehen. Fast unmerklich schüttelte sie den Kopf. Da gab es natürlich die althergebrachten Adventskalender aus Pappe für Kinder: verschiedene knallbunte Winterszenen mit vierundzwanzig nummerierten Türchen, hinter denen jeweils ein Stückchen billige Schokolade steckte. Wer es gern edler mochte, konnte natürlich auf Markenware zurückgreifen – bisweilen war auch das Bild dann etwas geschmackvoller.

Daneben gab es außerdem zahlreiche Adventskalender, die mit kleinem Schnickschnack und Spielsachen gefüllt waren, und schließlich speziell deklarierte „Adventskalender für Erwachsene". Vierundzwanzig kleine Fläschchen mit Schnaps warteten hinter den Türchen, und das Bild zeigte eine sehr spärlich bekleidete junge Frau mit Engelsflügeln und einer Weihnachtsmannmütze.

Wie abstoßend, dachte Frau Schweiger. Dann entdeckte sie in der rechten Ecke des Schaufensters den „besonderen Clou für jeden Tierfreund": Adventskalender für Hund oder Katze mit vierundzwanzig besonderen Leckerbissen für das geliebte Haustier ... Frau Schweiger wusste nicht, ob sie lachen oder weinen sollte.

Sie ging weiter; vorbei an zahllosen Lichterketten und etlichen Weihnachtsmännern auf Rentierschlitten. Die Lichter störten Frau Schweiger nicht besonders – es sei denn, sie waren bunt und blinkten hektisch und aufdringlich. Auch mit den Märchenfiguren, den Weihnachtsmännern und all ihren Gesellen konnte sie sich abfinden: *Es sind nur Märchen und weiter nichts.*

Aber eines ging Frau Schweiger gehörig gegen den Strich: kitschige Krippenszenen, in denen ein hilfloses Baby nur eine Nebenrolle spielte. Ochs und Esel, Schaf und Kamel, Maria und Josef, Hirten und elfengleiche Engelchen beherrschten die Szene – da blieb kein Platz mehr für den Messias, den Erlöser der Welt!

Frau Schweiger war nicht emotional veranlagt und der rührselige Kitsch, mit dem man unweigerlich in der Weihnachtszeit überschüttet wurde, stieß sie jedes Jahr mehr ab.

Wo bleibt denn da der Sinn des Weihnachtsfestes?, dachte sie stirnrunzelnd. *Man müsste diesem ganzen Unfug eigentlich etwas entgegensetzen! Man müsste deutlich machen, dass Weihnachten nicht ein Fest der Lichter, der Geschenke und des ungezügelten Konsums ist, sondern ein Tag zum Gedenken an den Sohn Gottes. Man müsste –*

Plötzlich schaute sie auf und lächelte vor sich hin. „Ja, das werde ich tun!", sagte sie leise wie zu sich selbst.

Zielstrebig erledigte sie ihre letzten Einkäufe und fuhr dann unverzüglich zum Baumarkt. Dort sollte es wohl alles geben, was sie für ihr Vorhaben benötigte.

Was brauch ich denn jetzt noch?

Frau Schweiger stand mitten in der riesigen Bastelabteilung und dachte angestrengt nach. Ein wenig vergesslich war sie geworden in den letzten Jahren. Im Kopf ging sie noch einmal ihren Plan Schritt für Schritt durch. Schließlich war sie ziemlich sicher, dass sie alles zusammengesucht hatte.

* * *

Am nächsten Tag machte sie sich in aller Ruhe ans Werk. Zuerst zeichnete sie eine Schablone und übertrug dann die Umrisse eines großen Sterns auf die dünne Sperrholzplatte. Als sie ihre alte Laubsäge auspackte, spürte sie ein freudiges Kribbeln in den Fingern. Schon lange hatte sie nicht mehr damit gearbeitet, doch ihre Hände erinnerten sich schon bei der ersten Berührung mit der Säge an die altvertraute Technik.

Es ist doch seltsam, dachte Frau Schweiger nach einer Weile, *früher kam mir das Sägen nicht so anstrengend vor. Aber Hauptsache, es klappt noch!*

Als sie den zweiten, viel kleineren Stern aussägte, bemerkte sie, dass sich an der rechten Hand schon eine Blase bildete. Ungerührt klebte sie ein Pflaster darauf und arbeitete weiter.

Zeichnen, Konstruieren und Bauen hatten ihr schon immer viel Spaß gemacht. Als sie nach dem Schulabschluss in den sechziger Jahren eine Berufsausbildung machen und unbedingt Bauzeichnerin werden wollte, hatte sie sich nur mit Mühe, Beharrlichkeit und endlosen Diskussionen gegen den Widerstand ihrer Eltern durchsetzen können. Bis zum letzten Tag ihres Berufslebens war es ihr Traumberuf geblieben – *auch wenn heutzutage alles ganz anders gemacht wird als früher*, dachte sie manchmal wehmütig.

In ihrer Freizeit hatte sie früher auch gern selbst etwas mit den eigenen Händen geschaffen. In den letzten Jahren hatte sie allerdings seltener zum Werkzeug gegriffen – *warum eigentlich?*

Als sie nun mit Holz, Säge, Lack und Pinsel arbeitete, das Material in den Händen spürte, den typischen Geruch in der Nase hatte, war sie sehr zufrieden.

Alles kann ein Computer eben doch nicht, stellte sie triumphierend fest.

* * *

Die beiden fertig lackierten Holzsterne mussten noch gründlich über Nacht austrocknen, doch am Tag darauf machte sie gleich nach dem Frühstück weiter. Sie hatte lange überlegt, wie sie das besonders knifflige Problem lösen könnte, den kleinen Stern wie ein Türchen auf dem großen Stern zu befestigen. In Gedanken war sie einige Konstruktionen durchgegangen, aber ganz zufrieden war sie noch nicht damit. Erst als sie die beiden Holzteile, den großen und den kleinen Stern, nachdenklich in der Hand hielt, formte sich die Lösung in ihrem Kopf: Dieses Türchen würde sich nicht zur Seite öffnen lassen, sondern nach oben!

Frau Schweiger schraubte vorsichtig eine zierliche Metallöse in den kleinen Stern. Damit konnte man ihn an einem unauffälligen kleinen Haken in der Mitte des großen Holzsterns befestigen. Nun konnte der kleine Stern problemlos nach oben auf- und nach unten zugeklappt werden.

Und jetzt kommt das Wichtigste, dachte Frau Schweiger. Sie setzte sich an den Tisch, schlug ihre Bibel auf und schrieb sorgfältig einen Vers auf ein sternförmig ausgeschnittenes Stück Tonkarton. *So, nur noch den Bibelvers gut und sicher hinter dem hölzernen „Sternenfenster" befestigen. Zuklappen. Fertig.*

Frau Schweiger trat einen Schritt zurück und begutachtete ihren Stern. „Nun können sie kommen", murmelte sie.

* * *

Frau Schweiger hatte immer allein gelebt und war nie sehr gesellig gewesen. Doch seit sie in den Ruhestand getreten war, hatte sie sich angewöhnt, zweimal im Jahr ihre ehemaligen Kolleginnen einzuladen.

„Sie haben es ja wieder gemütlich hier!" Bewundernd betrachteten die Damen die drei prachtvoll blühenden Amaryllis auf der Fensterbank und den geschmackvoll mit Kerzen dekorierten Kaffeetisch.

Die früheren Arbeitskolleginnen kamen immer gern zu Frau Schweiger, denn sie war zwar als äußerst sachlich bekannt, aber bei ihren Einladungen großzügig. Und bei aller Nüchternheit ihres Wesens musste jeder anerkennen, dass sie stets freundlich war. Manchmal hatte sie zwar etwas seltsame Ansichten, vor allem, wenn es um das Thema Religion ging. Aber Frau Schweiger wurde damit ja glücklicherweise nie aufdringlich.

Man setzte sich, Frau Schweiger schenkte Kaffee ein und bot ihren Gästen Kuchen und Christstollen an. Wie von selbst drängte sich nach dem üblichen Austausch von unverbindlichen Freundlichkeiten das gewohnte Gesprächsthema auf: die Firma, die Abteilung, Veränderungen im letzten Jahr.

Frau Walter erzählte von ihrem neuen Chef, Frau Klink berichtete ausführlich von dem komplizierten Computerprogramm, das eigentlich die Arbeit erleichtern sollte, doch zunächst noch alle zur Verzweiflung trieb.

„Ach, wissen Sie, eigentlich bin ich froh, dass ich nächstes Jahr auch in den Ruhestand gehen kann", seufzte Frau Klink. „Langsam habe ich gar nicht mehr die Kraft, mich immer wieder auf Veränderung einzustellen."

„Wissen Sie eigentlich, wie gut Sie es haben?" Frau Walter stöhnte. „Ich muss noch mehr als zwei Jahre hinter mich bringen bis zur Rente!"

Frau Schweiger genoss die Unterhaltung über alte Zeiten und neue Herausforderungen und achtete ganz nebenbei darauf, den Kolleginnen rechtzeitig Kaffee nachzuschenken. Insgeheim fragte sie sich, ob ihr neuer „Adventskalender" einer der beiden Damen wohl ins Auge fallen würde.

In einer Gesprächspause griff Frau Walter nach einem weiteren Stück Christstollen und stutzte dann. Ihr Blick war endlich auf den großen Holzstern gefallen. Erstaunt wandte sie sich an Frau Schweiger.

„Sie haben doch sonst nie etwas für Weihnachtsschmuck übrig gehabt, Frau Schweiger! Haben Sie Ihre Ansichten inzwischen endlich geändert?"

Nun war auch Frau Klink aufmerksam geworden. „Was ist denn mit Ihnen los? Ein Weihnachtsstern in ihrer Wohnung? Haben Ihnen die Kinder aus Ihrer Gemeinde dieses Prachtexemplar geschenkt?"

„Nein, nein", lächelte Frau Schweiger. „Ich habe ihn tatsächlich selbst gebaut. Das ist mein Adventskalender."

„Ein Adventskalender? Bei Ihnen? Seit Jahren haben Sie doch immer wieder versucht zu erklären, dass Weihnachten für Sie gar nichts mit all diesen Traditionen und Äußerlichkeiten zu tun hat, sondern nur mit Glauben! Sind Sie etwa aus Ihrer Gemeinde ausgetreten?! Lernen Sie nun doch noch richtig Weihnachten zu feiern?", stichelte Frau Klink. Einen Moment schien es ihr, als verstünde sie die Welt nicht mehr.

„Moment mal", sagte Frau Walter. Sie war näher an den Stern herangetreten und betrachtete ihn nachdenklich. „Wieso eigentlich Adventskalender? Da ist doch nur ein einziges Türchen drauf und nicht vierundzwanzig, wie das so üblich ist. Und außerdem kann man es gar nicht wie eine Tür öffnen."

„Ja, natürlich", bestätigte Frau Schweiger, „da haben Sie völlig recht. Aber das ist ja auch mein ganz persönlicher Adventkalender. Sehen Sie, die Sache ist die: In einer Predigt hörte ich neulich, dass Advent lateinisch ist und nichts anderes bedeutet als *Ankunft*. Alle Welt denkt jetzt bei dem

Wort Advent nur noch an Weihnachten, Weihnachtsmann, Geschenke und Gemütlichkeit. Aber ich denke an den, der ankommt!"

Frau Klink und Frau Walter warteten offenbar auf eine weitere Erklärung, doch Frau Schweiger lächelte nur.

Schließlich unterbrach Frau Klink die Stille. „Dass Sie bei dieser *Ankunft"* – sie schien das Wort spöttisch in die Länge zu ziehen – „nicht an den Weihnachtsmann glauben, das ist schon klar. Aber –"

Frau Klink wurde unvermittelt von Frau Walter unterbrochen. „Ich vermute, Sie denken da eher an das Jesuskind in der Krippe, nicht wahr?", nickte sie verständnisvoll. „Das ist mir eigentlich auch lieber. Das Christkind, das hat doch wenigstens noch etwas mit Weihnachten zu tun – ganz im Gegensatz zu einem Weihnachtsmann!"

Die distanzierte Haltung zum Weihnachtsfest, die Frau Schweiger früher immer an den Tag gelegt hatte, war für Frau Walter zwar stets unverständlich gewesen, doch Frau Klinks Spott fand sie auch schwer erträglich.

„Nein! Der da ankommt, ist nicht das Christkind in der Krippe!" Verblüfft hörten die beiden Damen Frau Schweiger widersprechen.

Frau Schweiger ging zu ihrem Stern und öffnete vorsichtig die Klappe. „Sehen Sie, ich brauche nur einen Adventskalender mit einem einzigen Türchen. An jedem Tag, den Gott mir noch schenkt – und das nicht nur in der Adventszeit – kann ich dieses Türchen öffnen und mich freuen, denn jeder Tag könnte der Tag seiner Ankunft sein."

„Was soll denn das heißen?", ereiferte sich Frau Walter. „Ein richtiger Adventskalender fängt am 1. Dezember an und endet an Heiligabend. Dann ist Weihnachten, und das Christkind ist angekommen. Wieso sollte denn jeder Tag der Tag seiner Ankunft sein? Wollen Sie jetzt etwa auf einmal das ganze Jahr Weihnachten feiern?" Frau Walter hatte sich fast ein wenig in Rage geredet. Sie spürte, wie sich ihre Wangen röteten. *Was denkt sich Frau Schweiger aber auch bloß?!*

„Wissen Sie, die Sache ist die", versuchte Frau Schweiger zu erklären, „vor mehr als zweitausend Jahren ist Jesus Christus, der Sohn Gottes, auf die Welt gekommen wie ein ganz normales Baby, geboren von einer ganz normalen Frau. Wenn Sie so wollen, feiert man zu Weihnachten also sozusagen seinen Geburtstag."

„Nun, das kann man glauben oder auch nicht glauben", bemerkte Frau Klink, „aber nehmen wir es mal einfach so an."

„Also, ich glaube auch daran, dass Jesus tatsächlich gelebt hat", sagte Frau Walter. Sie hatte sich wieder ein wenig beruhigt. „Aber auf welche Ankunft warten Sie denn nun noch? Gerade haben Sie doch selbst gesagt, dass er zu Weihnachten auf die Welt gekommen ist!"

„Sie wissen doch, dass ich in der Bibel lese, nicht wahr?", setzte Frau Schweiger noch einmal an. „Ich bin davon überzeugt, dass Gott durch die Bibel zu den Menschen spricht. Und in der Bibel steht es ganz deutlich: Jesus Christus wird wiederkommen."

„Das kann man doch heute nicht mehr ernst nehmen!", rief Frau Klink. „Wenn man nur einmal bedenkt, wie viel Zeit seitdem vergangen ist – und nichts ist passiert. Frau Schweiger, ich glaube Sie warten vergeblich."

Frau Walter blieb stumm. Dunkel erinnerte sie sich, dass sie schon einmal davon gehört hatte; in der Kirche vielleicht, oder früher, im Religionsunterricht? Ob Frau Schweiger womöglich recht hatte?

Unbeirrt entgegnete Frau Schweiger: „Ich weiß nicht, ob er heute kommt oder nächste Woche, in ein paar Monaten oder Jahren. Aber ich weiß, dass er kommen wird. Das geht mir übrigens nicht allein so: Jeder, der Gottes Wort ernst nimmt und Jesus Christus persönlich kennt, weiß davon!"

„Dann ist das wohl so eine Art Geheimwissen oder wie soll ich das verstehen?", spöttelte Frau Klink. „Und dann gibt es jeden Tag Weihnachten oder wie stellen Sie sich das vor?!"

Frau Schweiger lächelte. Sie hatte damit gerechnet, dass die Kolleginnen ihren besonderen Adventskalender ins Lächerliche ziehen würden. Aber noch war sie nicht fertig.

„Nein", sagte sie sanft. „Nicht als Kind wird er wiederkommen, sondern als mein Herr und Erlöser, auf den ich sehnsüchtig warte! Er ist ja kein hilfloses, kleines Baby geblieben. Als erwachsener Mann hat er sich freiwillig für die Schuld der Menschheit hinrichten lassen – auch für meine. Er ist gestorben und auferstanden."

In Frau Walter arbeitete es. Diese Gedanken waren ihr nicht völlig neu. Immer wieder zwischendurch, wenn sich die Gelegenheit ergeben hatte, war das Gespräch mit Frau Schweiger früher auf dieses Thema gekommen. Es hatte sie beeindruckt, aber immer wieder hatte sie den Gedanken von sich gewiesen, diese Sache mit der Bibel, mit Jesus, mit Kreuz und Auferstehung persönlich an sich heranzulassen. Vielleicht war es langsam an der Zeit?

Frau Klink war das Gespräch sichtlich zu heikel geworden. Über religiöse Themen wollte sie nicht nachdenken – und schon gar nicht wollte sie darüber sprechen. „Das muss jeder selber wissen, was er davon hält", sagte sie deshalb, um die Unterhaltung endlich abzubrechen.

Doch Frau Schweiger hatte ihren Gedankengang noch nicht ganz beendet. Sie fing Frau Walters fragenden Blick auf und sagte: „Ich denke, ich werde Ihnen meinen Adventskalender einfach einmal demonstrieren!"

Frau Schweiger nahm ihn und legte ihn auf den Kaffeetisch. Sie klappte den kleinen Holzstern nach oben, sodass der Tonkarton darunter zum Vorschein kam. Neugierig beugten sich ihre Kolleginnen darüber. Nur wenige Worte standen auf dem Karton geschrieben: „Ja, ich komme bald. Amen, komm, Herr Jesus!"

Zwischen den Stühlen

Als Jürgen vom Kiosk zurückkam, traf er den Postboten nur wenige Schritte von seiner Haustür entfernt.

„Hallo, Herr Krause, wie geht's? Möchten Sie die Post gleich mitnehmen?"

Jürgen bedankte sich freundlich und nahm den kleinen Stapel entgegen.

Zuhause hängte er sorgfältig seine Jacke auf, zog die Schuhe aus und schlüpfte in die Pantoffeln. Dann nahm er seine Zeitung und die Post und setzte sich an den Tisch.

Werbung, ein Brief von der Krankenkasse, noch mehr Werbung, ein gelber Briefumschlag mit aufgemalten Luftballons. Jürgen suchte nach einem Absender, doch auf dem Umschlag stand nur seine Adresse, handschriftlich.

Neugierig öffnete er den Brief. Eine bunte Karte mit einem Babyfoto kam zum Vorschein. „Wir freuen uns sehr über die Geburt von Jakob – 12. Oktober – 53 cm – 3850 g. Die glücklichen Eltern Sara und Matthias Heller."

Irritiert schüttelte Jürgen den Kopf. *Kenne ich die?*

Als er die Karte wieder in den Briefumschlag stecken wollte, entdeckte er noch eine handschriftliche Notiz. „Hallo! Sie kennen mich vermutlich nicht mehr: Ich bin Sara, die Tochter von Gaby Rinkendorf. Ich würde mich sehr über Ihren Anruf freuen. Sara."

Jürgen atmete tief durch und schloss die Augen. *Sara. Gaby. Wie lange ist das her – sechsundzwanzig Jahre? Oder siebenundzwanzig?*

* * *

Er war damals Ende vierzig gewesen, verheiratet, Vater von zwei heranwachsenden Söhnen, geachtet in der Nachbarschaft, erfolgreich im Beruf und trotz der grau melierten Schläfen immer noch ausgesprochen gut aussehend.

Als Abteilungsleiter in der Verwaltung einer großen Klinik war Jürgen Krause verantwortlich für alle Personalangelegenheiten. Seine Arbeit machte ihm Spaß, und durch seine frische und unbekümmerte Art war er überall beliebt.

Normalerweise hatte er wenig persönliche Berührungspunkte mit dem Pflegepersonal, doch bei der großen Weihnachtsfeier im Betrieb hatte er Schwester Gaby kennengelernt. Sie hatten am selben Tisch gesessen, sich den ganzen Abend prachtvoll über alle möglichen Dinge unterhalten und sich auf Anhieb wunderbar verstanden.

Ihre fröhlichen grünblauen Augen und ihre rötlich-blonden Locken brannten sich in Jürgens Gedächtnis. Noch Tage später ertappte er sich immer wieder dabei, wie er an die hübsche junge Krankenschwester dachte – und seine Gedanken waren durchaus nicht beruflicher Natur.

Sein Gewissen plagte ihn und er versuchte eine Zeit lang, die Bilder in seinem Kopf zu ignorieren – vergeblich. Ingrid, seine Frau, schien davon nichts zu bemerken. Sie war nett und unauffällig, wie immer.

Anfang Januar traf er Gaby zufällig in der Cafeteria, wo sie sich vor Schichtbeginn noch rasch ein Brötchen kaufen wollte. Als sie Jürgen sah, strahlten ihre Augen auf. Der erfahrene Mann mit dem liebevollen Blick und der Samtstimme hatte einen tiefen Eindruck auf die junge Frau gemacht. Hingerissen blieb sie stehen, die Brötchentüte in der Hand.

Bei ihrem Anblick brachen seine mühsam aufgebauten inneren Abwehrstrategien ganz unvermittelt komplett in sich zusammen, und Gabys natürlicher Charme und ihre offenkundige Bewunderung für ihn besiegten an Ort und Stelle das erneute zaghafte Aufbegehren seines Gewissens. Jürgen wollte sie wiedersehen, musste sie wiedersehen.

Es war nicht schwierig für ihn, anhand der Dienstpläne ihre Arbeitszeiten herauszufinden. Unauffällig tauchte er auf ihrer Station auf und sie wechselten ein paar belanglose Worte. Scheinbar zufällig hielt er sich in der Eingangshalle auf, wenn sie gerade Dienstschluss hatte. Mit jedem Wort, mit jedem Blick schienen sie einander näher zu kommen.

Doch Jürgens Gewissen hatte noch nicht aufgegeben. *Es ist eine Sünde vor Gott*, sagte es. *Und denke daran, was auf dem Spiel steht: deine Frau, deine Ehe, deine Familie, die Kinder. – Das alles hat nichts mit Gaby zu tun*, versuchte Jürgen sich vor sich selbst zu rechtfertigen. *Womit denn sonst?*, fragte sein Gewissen zurück.

Gaby Rinkendorf war verliebt. Mit jedem zufälligen Treffen wurde es schlimmer. Wenn sie nur irgendwo seine ruhige Stimme hörte, konnte sie sich kaum noch auf die Arbeit konzentrieren. Ihre Gedanken fuhren zusammen mit ihren Gefühlen Karussell. *Ja, natürlich ist er fünfundzwanzig Jahre älter als ich. Aber er ist einfach wunderbar, und außerdem sieht er längst nicht so alt aus. Und eigentlich spielt das Alter bei der Liebe doch keine Rolle, oder?*

Drei Wochen ging das nun schon so und Gaby spürte, dass Jürgen ihr gegenüber auch alles andere als gleichgültig war. Immer öfter liefen sie im Krankenhaus einander scheinbar zufällig über den Weg, lächelten, strahlten einander an, plauderten kurz miteinander.

Es war an einem Freitagnachmittag, genau vierundzwanzig Tage nach der Weihnachtsfeier. Kurz vor Dienstschluss tauchte Jürgen auf der Station auf. Als sie gerade aus einem Patientenzimmer kam, steuerte er direkt auf sie zu.

„Darf ich Sie heute Abend anrufen?“, fragte er ohne Umschweife.

Gaby schrieb ihm mit zitternden Händen ihre Telefonnummer auf.

Ingrid Krause wunderte sich. Seit einiger Zeit wirkte ihr Mann so abwesend, schien mit seinen Gedanken manchmal ganz weit weg zu sein. Ob er so viel Stress bei der Arbeit hatte? Er hatte noch nie viel über seinen Beruf gesprochen, doch mit dem Beginn des neuen Jahres machte er scheinbar auch sehr viel mehr Überstunden als früher. Jürgen kam häufig später nach Hause. Wenn sie ihn nach Problemen in der Klinik fragte, antwortete er ausweichend.

Ingrid seufzte. *Warum meinen manche Männer bloß, sie müssten immer alles mit sich allein ausmachen?* Ingrid versuchte, ihrem Mann den Feierabend so angenehm wie möglich zu machen, doch sie zweifelte daran, ob Jürgen es überhaupt wahrnahm.

Als sie eines Abends noch rasch ein paar Hemden in die Waschmaschine legte, runzelte sie die Stirn. *Seltsam*, dachte sie, *das blau gestreifte Hemd riecht irgendwie nach Damenparfüm. Und meins ist es nicht.*

„Ach, unsere Abteilungssekretärin hat ein aufdringliches neues Parfüm und sie hat in der Besprechung neben mir gesessen“, meinte Jürgen leichthin, als sie ihn danach fragte. Ingrid wusste nicht recht, was sie davon halten sollte. Doch sie vertraute ihrem Mann. Das hatte sie immer getan.

„Ende April gibt es wieder die große überregionale Verwaltungskonferenz", sagte Jürgen am ersten schönen Frühlingswochenende im März. „Diesmal findet sie in Bamberg statt und sie dauert auch zwei Tage länger als sonst, von Montag bis Freitag, 22. bis 26. April."

Sie hatten gerade ihr Samstags-Familienfrühstück beendet und Jürgen nuschelte seine Ankündigung halb in die Zeitung, die vor ihm lag.

„Fünf Tage? Das wird wohl eine anstrengende Woche für dich, du Armer! Musst du dann am Sonntagabend schon fahren?", erkundigte sich Ingrid. „Schade, dass die Osterferien am 13. April vorbei sind, sonst könnten wir mitkommen! Bamberg soll eine sehr sehenswerte Stadt sein."

„Ja, wirklich schade", nickte Jürgen und sah aus dem Fenster.

Ein paar Tage nach Ende der Konferenz beschloss Ingrid, die Anzüge ihres Mannes in die Reinigung zu bringen. Routinemäßig sah sie vorher alle Taschen durch – irgendetwas hatte Jürgen meistens vergessen: Gebrauchte Taschentücher, alte Fahrscheine, Kassenzettel von der Tankstelle. Sie räumte alles aus. In der Innentasche des neuen dunkelgrauen Sakkos steckte sogar noch ein Programm der Verwaltungskonferenz.

„Herzlich willkommen in Bamberg. Ihr Programm vom 22. bis zum 24. April sieht folgende Veranstaltungen vor …"

Ingrid stutzte. *Vom 22. bis zum 24. – das sind drei Tage, so wie immer.* Aber Jürgen war eindeutig erst am 26. April nach Hause gekommen, und zwar ziemlich spät am Freitagabend.

Was hatte das zu bedeuten? Was war nur mit ihrem Mann los? Ingrid war ziemlich verwirrt. *Ich muss unbedingt heute Abend mit Jürgen sprechen*, dachte sie. Ihr Vertrauen hatte einige tiefe Risse bekommen.

Nachdenklich lief sie die Treppe hinunter, als das Telefon klingelte.

„Was?", rief sie bestürzt in den Hörer. „Wo ist er? Ja, ich komme sofort! – Andreas! Andreas, wo bist du?"

Als ihr 16-Jähriger am Treppenabsatz auftauchte, hatte sie sich schon wieder unter Kontrolle. „Thomas hat sich beim Fußballtraining den Arm gebrochen, er ist gerade ins Krankenhaus gebracht worden. Ich fahre sofort hin. Ruf bitte Papa an, damit er schon in die Ambulanz hinuntergeht. Thomas hat schlimme Schmerzen."

Ingrid angelte sich die Schlüssel und knallte die Tür hinter sich zu. Jürgen war noch nicht da, als sie in der Ambulanz ankam. Thomas hatte Tränen in den Augen und schmiegte sich an seine Mutter wie ein kleiner Junge. *Heute legt er keinen Wert darauf, fast erwachsen zu sein – immerhin dreizehn.*

Erst als sie eine ganze Weile später die Ambulanz mit einem frischen Gipsarm verließen, fiel es Ingrid auf: Jürgen war nicht gekommen, seltsam. Ob Andreas ihn nicht erreicht hatte?

Thomas hatte Schmerzmittel bekommen, und er fühlte sich schon wieder sehr stark. „Na klar können wir noch schnell zu Papa rauf. Der Gips ist schon trocken, dann kann er als Erster unterschreiben!"

Aber Jürgen war nicht in seinem Büro.

„Ihr Mann hat doch heute einen Tag Urlaub, Frau Krause", stotterte die Sekretärin verunsichert.

„Da muss wohl ein Irrtum vorliegen", sagte Ingrid leise und ging sofort zur Tür.

Bloß keine Diskussion, dachte sie, *schon gar nicht vor Thomas.*

Er war glücklicherweise noch sehr mit sich selbst und seinem Gipsarm beschäftigt und hatte die kurze Unterhaltung der beiden Frauen kaum mitbekommen.

Ganz am Rande registrierte Ingrids Gehirn, dass die Sekretärin heute kein aufdringliches Parfüm aufgetragen hatte.

Als Ingrid mit Thomas nach Hause kam, berichtete Andreas, dass er seinen Vater telefonisch gar nicht erreicht hatte.

„Aber er hat vor ungefähr zwanzig Minuten angerufen und gesagt, er käme heute wegen irgendeiner dringenden Besprechung eine halbe Stunde später. – Was guckst du denn so komisch, Mama?"

„Ach, nichts", murmelte Ingrid. Sie spürte, wie ihre ganze Welt ins Wanken geriet und nur mit ungeheurer Selbstbeherrschung brachte sie es fertig, vor ihren Kindern nicht vor Verzweiflung laut aufzuschreien.

Später wusste sie nicht mehr, wie sie das alles durchgestanden hatte. Jürgen mit seiner Aktentasche an der Haustür. Seine große Verwunderung über den gebrochenen Arm. Das gemeinsame Abendessen, bei dem Thomas alle Aspekte seines Unfalls und des kurzen Krankenhausaufenthaltes ausführlich schilderte. Und zum Schluss schließlich Thomas' vorwurfsvolle Frage: „Wieso warst du eigentlich nicht in deinem Büro? Du solltest als Erster unterschreiben!"

Jürgen sagte irgendetwas von einer Besprechung, und dass es ihm leidtäte und die Jungen gaben sich damit zufrieden.

Ingrid wartete, bis sie allein waren. Sie zwang sich, ruhig zu bleiben und Jürgen in die Augen zu sehen.

„Wo warst du? Sag mir die Wahrheit. Ich war in deinem Büro und Frau Däubler hat mir gesagt, dass du heute Urlaub hattest."

Entsetzt blickte Jürgen seine Frau an. *Das Spiel ist aus*, sagte sein Gewissen.

Ingrid war unnatürlich, geradezu übermenschlich ruhig, während Jürgens stockender Bericht ihr Innerstes in Stücke riss. Erst, als er zum Schluss noch lahm hinzufügte: „Es tut mir leid, dass alles so gekommen ist", schluchzte sie laut auf.

„Du hast mich also all die Zeit belogen! Belogen und betrogen!", schrie sie fassungslos. Sie glaubte ihrer eigenen Stimme kaum, so völlig unvorstellbar erschien ihr diese Situation.

Danach sagte sie nichts mehr.

„Es tut mir leid, Gaby", sagte Jürgen.

Aber Gaby gab sich nicht so leicht geschlagen. Sie kämpfte um ihn, laut, ausdauernd und temperamentvoll. Er könne jetzt nicht einfach so Schluss machen. Er habe ihr doch quasi versprochen, sich scheiden zu lassen. Er habe immer wieder Andeutungen gemacht, dass er sie heiraten wolle. Er habe schließlich auch von einer gemeinsamen Zukunft geträumt und wolle nun alles wegwerfen, nur weil seine Ehefrau plötzlich etwas gemerkt habe, warf sie ihm vor. Er müsse sich endlich entscheiden, was er eigentlich wolle.

Doch zumindest in einem Punkt hatte er sich bereits entschieden: Sein Doppelleben musste ein Ende haben. Und irgendwie wollte er versuchen, seine Ehe, seine Familie zu retten. Aber wie?

Ingrid sprach nicht mehr mit ihm. Gaby schrie ihn nur an. Seine Söhne waren völlig aus der Bahn geworfen und machten ihm Vorwürfe. Am schlimmsten war sein Gewissen – es bedrängte ihn unablässig, Tag und Nacht. Jürgen zog sich in seine Arbeit zurück und bedauerte sich selbst.

Am 28. Mai erschien Gaby in seinem Büro im Krankenhaus. Sie wirkte blass und verweint. Wortlos legte sie ihm ein ärztliches Attest vor. Jürgen las, erstarrte und schüttelte langsam den Kopf. *Eine Schwangerschaft – auch das noch!* Wie hatte das nur passieren können? Er würde die volle Verantwortung dafür übernehmen müssen – auch finanziell. Was hatte er da nur angerichtet?!

Er vermied es, Gaby noch einmal in den Arm zu nehmen und versuchte, ruhig und sachlich mit ihr zu sprechen. Ganz gleich, was er tat: Es wurde der Situation nicht gerecht. Bei Gabys Anblick musste er sich eingestehen, dass er eine Spur der Verwüstung hinterlassen hatte.

* * *

Im Laufe der Jahre und Jahrzehnte, die seitdem vergangen waren, hatte Jürgen langsam zu einem geregelten Leben zurückgefunden. Er hatte Ingrid wieder und wieder um Verzeihung gebeten und schließlich hatte sie ihn nicht verlassen, sondern aus ihrer Starre herausgefunden und sich mit ihm versöhnt.

Doch die Vertrautheit der ersten Jahre hatte das Ehepaar nie wieder erlebt. Ingrid hatte Bedingungen gestellt: Keinerlei Kontakt zu „dieser Person" und schon gar nicht zu „diesem Kuckuckskind". Nichts, was über Unterhaltszahlungen hinausging. Keine Fotos, keine persönlichen Beziehungen. Und vor allem kein Wort davon zu Andreas und Thomas.

Auch das Vertrauen und die Achtung seiner Söhne hatte er verspielt. Sie hielten zu ihrer Mutter und betrachteten Jürgen noch lange Zeit als Verräter. Daran änderte auch Ingrids Versöhnung mit ihrem Mann kaum etwas. Seit ihrem plötzlichen Tod vor zwei Jahren hatte Jürgen seine Söhne kaum noch zu Gesicht bekommen. Ab und zu kam eine der beiden Schwiegertöchter mit den Enkelkindern und half im Garten, beim Hausputz oder der großen Wäsche.

* * *

So intensiv hatte Jürgen Krause schon lange nicht mehr über jene verhängnisvollen Entscheidungen nachgedacht, die das Leben für ihn und einige andere Menschen damals in ganz neue Bahnen gezwungen hatten. Er hatte das alles vergessen wollen. Hatte die Vergangenheit ihn nun doch wieder eingeholt?

Wieder und wieder nahm Jürgen die Geburtsanzeige zur Hand und forschte in dem Babygesicht nach Ähnlichkeiten. *Dieser kleine Jakob ist also mein jüngster Enkel,* dachte er. *Ob ich seine Mutter vielleicht wirklich einmal anrufen sollte? Sie ist immerhin meine … Tochter. Sara. Was sie wohl für ein Mensch ist?*

Jürgen hatte sein Versprechen Ingrid gegenüber stets gehalten und nie wieder Kontakt aufgenommen zu Gaby. Über Saras Geburt war er nur offiziell durch das Jugendamt informiert worden und seine regelmäßigen Zahlungen bis zum Abschluss ihrer Ausbildung waren auch ausschließlich über die Behörde abgewickelt worden.

Aber nun war er ein alter Mann, seine Tochter war erwachsen, er wollte sie kennenlernen. Er wollte die klebrigen Fäden der Vergangenheit endlich abstreifen und sich nicht immer wieder in den Erinnerungen daran verwickeln müssen. Und er wollte sein Gewissen endlich mundtot machen.

* * *

„Ich freue mich, dass Sie gekommen sind." Das förmliche „Sie" klang irgendwie nicht richtig, doch was sollen zwei erwachsene Menschen, die sich zum ersten Mal begegnen, schon zueinander sagen?

Freundlich reichte die junge Frau ihm die Hand und bat ihn dann ins Wohnzimmer. Kaffee und Kuchen standen auf dem Tisch neben dem Adventskranz, auf dem schon zwei Kerzen brannten. Das Baby lag auf einer Decke neben dem Sofa. Sara nahm den Kleinen auf den Arm.

„Das ist also mein Enkel", stellte Jürgen fest. Ihm war unbehaglich. Worauf hatte er sich mit diesem Besuch bloß eingelassen?

Doch Sara schien auf die Situation gut vorbereitet zu sein. Sie plauderte scheinbar unbefangen, erzählte Jürgen von ihrem noch ungewohnten Leben mit Jakob. Jürgen nahm eine Tasse Kaffee und beobachtete diese fremde junge Frau, seine Tochter.

„Wissen Sie, ich habe Sie schon lange kennenlernen wollen", sagte Sara nach einer Weile nachdenklich. „Meine Mutter hat das immer verhindert, sie war in diesem Punkt geradezu hysterisch. Als ich dreizehn war, hab ich Sie unbedingt besuchen wollen. Aber meine Mama hat mir nicht einmal Ihren Namen verraten, erst als ich volljährig wurde, hab ich ihn erfahren. Ich habe dann auch auf Umwegen Ihre Adresse herausbekommen. Einmal hab ich Ihre Haustür geradezu bewacht, um meinen Vater endlich einmal zu Gesicht zu bekommen. Meine Mutter war sehr aufgebracht, als sie davon erfuhr. Sie haben wahrscheinlich gar nichts davon gemerkt – aber für mich war es ein wichtiger Tag. Noch wichtiger ist allerdings, dass Sie heute hierhergekommen sind! Ich wünsche mir so sehr, dass Jakob einen Opa hat. Ich hatte noch nicht einmal einen Vater – "

Jürgen war ganz betroffen. Er hatte sich nie Gedanken darüber gemacht, dass dieses Kind – sein Kind – keinen Vater kannte.

„Ich habe noch einen Vater kennengelernt, vor vier Jahren", fuhr Sara nach einer kurzen Pause fort. „Ich meine Gott, meinen himmlischen Vater." Sie blickte Jürgen aufmerksam an. „Er ist der Grund dafür, dass ich Sie eingeladen habe. Wissen Sie, als Teenie wollte ich Sie unbedingt kennenlernen, weil ich böse auf Sie war. Ich wusste nicht viel; ich wusste nur, dass meine Mutter schrecklich enttäuscht, einsam und verbittert war. Und dass das alles irgendwie mit meinem Vater zusammenhing."

Jürgen wollte etwas sagen, doch Sara hob die Hand.

„Nein, Sie brauchen sich jetzt vor mir nicht zu rechtfertigen. Ich möchte gerne, dass wir – Sie und ich und Jakob – im Hier und Jetzt beginnen, nicht in der Vergangenheit. Ich persönlich habe Gott kennengelernt und Vergebung erfahren. Kennen Sie auch die Vergebung – Vergebung von Gott und den Menschen?" Sara hatte schnell gesprochen, und die verlegene Röte in ihrem Gesicht zeigte, dass sie innerlich längst nicht so abgeklärt war, wie sie anfangs gewirkt hatte.

Saras Frage hatte bei Jürgen einen empfindlichen Punkt getroffen. Nachdenklich rührte er in seiner Kaffeetasse. Mit Ingrid hatte er sich ausgesöhnt damals; aber im Grunde war es mehr ein Waffenstillstandsabkommen gewesen, kein wirklicher Frieden. Es war Gras über die Sache gewachsen, mehr nicht. Und wenn er heute darüber nachdachte, gab sein Gewissen immer noch keine Ruhe. Vergebung von Gott und den Menschen, meinte Sara. Der Begriff schien Jürgen irgendwie zu sperrig; er wusste nicht, wie er ihn mit Leben füllen sollte.

„Ach, ich kann das alles so schlecht erklären. Am Besten erzähle ich Ihnen einfach, wie es bei mir war."

Jürgen staunte, wie frei und offen Sara aus ihrem Leben erzählte. Es war nichts Spektakuläres, ein Allerweltsleben mit vielen Höhen und Tiefen. Sara hatte immer allein mit ihrer Mutter gelebt. Als kleines Kind hatte sie es genossen, stets die erste Geige im Leben ihrer Mama zu spielen, doch irgendwann war ihr aufgefallen, dass andere Kinder auch einen Papa hatten. Über dieses Thema allerdings war mit ihrer Mutter nie zu reden.

Als sie dreizehn, vierzehn Jahre alt war, empfand sie ihr Leben als schwierigen Balanceakt inmitten aufsprühender Gefühle: Da war der Ehrgeiz, aus ihrem Leben etwas zu machen; da war eine Mischung von Mitleid und Liebe in der Beziehung zu ihrer Mutter; da waren Wut und Hass einem Vater gegenüber, den es für sie nicht gab. Mit der Zeit wichen die Hassgefühle einer tief empfundenen Enttäuschung.

Erst einige Jahre später, während ihrer Ausbildung, hatte Sara Gott kennengelernt.

„Sehen Sie, ich habe mich nie um Gott gekümmert, er war mir eigentlich ziemlich egal. Aber Gott schickte mir eine Arbeitskollegin, die mir immer wieder von seiner Liebe erzählte. Anfangs war mir das ziemlich unangenehm, aber irgendwann wurde mir klar, dass der große und allmächtige Gott tatsächlich Interesse an mir haben musste." Hilflos hielt Sara inne.

„Ich weiß einfach nicht, wie ich das erklären soll", seufzte sie, „aber seit ich weiß, dass Gott mir meine Gleichgültigkeit ihm gegenüber vergeben hat, dass ich sein geliebtes Kind bin – seitdem sehne ich mich danach, auch meinen leiblichen Vater kennenzulernen. Denn Gott hat mir schließlich sogar meine negativen Gefühle Ihnen gegenüber vergeben – und er hat mir Mut gemacht für einen ganz neuen Anfang."

Dann fügte sie leise hinzu: „Ich bete dafür, dass auch Sie die Liebe Gottes kennenlernen."

* * *

Es war schon längst dunkel, als Jürgen nach Hause kam. Die Unterhaltung mit Sara hatte ihn tiefer aufgewühlt, als er sich selbst eingestehen wollte. Er konnte sich nicht daran erinnern, jemals in seinem Leben ein solch persönliches Gespräch mit einem praktisch „fremden" Menschen geführt zu haben.

Zuerst hatte ihn das tiefe Vertrauen, das Sara ihm schenkte, fast erschreckt: Sie hatte unaufdringlich, aber unübersehbar um seine Anteilnahme an ihrem Leben geworben. Doch schließlich war es Jürgen gewesen, der vorschlug, das unpersönliche „Sie" abzulegen.

„Würdest du mich auch einmal besuchen?", fragte er später schüchtern. Sara war ihm unvermittelt um den Hals gefallen.

Zum Abschied hatte sie ihm noch ein Büchlein mitgegeben. „Ich möchte so gerne, dass du verstehst, warum es mir so wichtig ist, mein Leben mit Gott zu leben", hatte sie gesagt. „Und warum es auch für dich lebenswichtig ist."

Jetzt nahm Jürgen es aus seiner Manteltasche und betrachtete es interessiert. *„Vergebung ist möglich – Wege in ein neues Leben mit Gott"*.

Ein bedeutungsvoller Titel. Ein bemerkenswertes Thema. Ob er sein Gewissen endlich zur Ruhe bringen könnte? Ob er wirklich ein neues Leben anfangen könnte?

Jürgen setzte sich in seinen Lieblingssessel und begann zu lesen.

Das Wunder

Ulla saß am Küchentisch und sah zu, wie Ralph zuerst ein paar Kartoffeln schälte und anschließend den Blumenkohl zerteilte, konzentriert und gründlich. Die Rouladen schmorten bereits seit einer Weile, er hatte sie gestern Abend schon fachmännisch vorbereitet.

„Kannst du mir bitte einen Schluck Saft geben?"

Routiniert hielt Ralph seiner Frau das Glas zum Trinken an den Mund.

„Was ist dir eigentlich bei der Predigt vorhin durch den Kopf gegangen?", erkundigte sich Ralph, während er sich wieder dem Mittagessen widmete.

Ulla seufzte. „Wahrscheinlich das Gleiche wie dir: Jesus könnte doch auch mich heilen, so wie er damals den Gelähmten geheilt hat. Unser Leben wäre so viel einfacher ... Du müsstest nicht immer alles allein machen und mich auch noch bedienen. Ich könnte mich wieder selbst versorgen – stell dir vor: Ich könnte mich allein im Bett umdrehen, allein aufstehen, allein duschen ..."

Ulla verstummte, ihre Augen glänzten. Die Sehnsucht in ihrer Stimme war Ralph nicht entgangen. Er legte den Arm um ihre Schultern.

„Du weißt, ich tu das alles gerne für dich. – Aber ich wünschte auch, es wäre anders – du wärst wieder gesund."

„Weißt du, was ich nicht verstehe?", fragte Ulla. „Im Bibeltext heißt es ganz lapidar: Der Gelähmte nimmt seine Matte und geht nach Hause. Wenn *ich* auf einmal geheilt wäre, dann würde ich erst mal jubeln und springen und tanzen und hüpfen! Dann würde ich erst mal eine Party machen!"

„Ja, das kann ich mir vorstellen!", lachte Ralph. „Aber weißt du, woran ich bei der Predigt auch denken musste? Dieser Gelähmte hatte vier Freunde, die ihn zu Jesus gebracht haben. Du hast bestimmt noch viel, viel mehr Freunde, die dich immer wieder im Gebet zu Jesus tragen!"

„Ja, das weiß ich. – Übrigens: Karin hat mich nach dem Gottesdienst gefragt, ob wir uns heute Nachmittag wieder im Garten zum Kaffeetrinken treffen. Sie bringt Kuchen mit. Das geht doch in Ordnung, oder?"

„Ja, sicher. Sind wir mit dem Kaffee dran?"

„Nein, soweit ich weiß, will Doris den Kaffee mitbringen."

Es war mittlerweile fast zu einer schönen, sommerlichen Tradition geworden, dass sich die Hausbewohner am Sonntagnachmittag im Garten trafen. Das aufwendig renovierte und umgebaute alte Industriegebäude, das sie gemeinsam bewohnten, hatte insgesamt sechs Wohneinheiten: Im Erdgeschoss lebten Christian und Karin mit ihren drei Teenagern; die erste Etage teilten sich Holger und Steffi – gut ausgelastete Eltern von zwei Kleinkindern – mit Ralph und Ulla, die eine geräumige und rollstuhlgerechte Wohnung bewohnten. Sabine und Doris waren Singles und hatten jeweils eine kleine Wohnung im Dachgeschoss bezogen. Durch den eingebauten Aufzug konnten auch Erwin und Frieda, ein freundliches Rentnerehepaar, ohne Weiteres ihre gemütliche Wohnung in der obersten Etage erreichen.

Ralph schob Ulla mit dem Rollstuhl über die Rampe in den Garten. Sabine lag lesend in der Hängematte. Ein Tablett mit Kaffeebechern und eine große Thermoskanne standen schon auf dem Tisch. Gerade kam Karin mit einem Blech Streuselkuchen.

„Christian bringt gleich noch das zweite Blech. – Wo ist denn Doris?"

„Bin schon da. Ich hab gerade nur noch Zucker und Milch geholt."

Langsam füllte sich die geräumige Terrasse; nach und nach trudelten alle Hausbewohner ein.

„Übrigens: Walter kommt nachher wahrscheinlich auch noch vorbei", verkündete Holger, während er an der Windel seines Babys schnüffelte. „Ich glaube, ich muss noch mal kurz verschwinden ... Olli sitzt im Sandkasten, Steffi!"

„Okay, ich habe unseren Bengel im Blick. Bringst du bitte den Saftbecher für ihn noch mit runter?"

Frieda und Erwin saßen nebeneinander im Schatten auf der Gartenbank.

„Darf ich euch schon Kaffee einschenken?", fragte Sabine, die sich mittlerweile ächzend aus der Hängematte geschält hatte. Die junge Krankenschwester hing mit besonderer Zuneigung an den beiden alten Leuten – sie waren für Sabine gleichzeitig Eltern- und Großeltern-Ersatz.

„Wo sind denn die großen Buben?", erkundigte sich Erwin mit seinem charmanten östlichen Akzent, nickte dabei Sabine dankbar zu und schnupperte zufrieden an seinem heißen Kaffee.

„Die sind mit ein paar anderen Jungs aus der Gemeinde zur Fußballwiese gegangen", antwortete Christian, der Vater der drei Teenager. „Aber da kommt unsere Judith!" Liebevoll legte er seinen Arm um die Schultern seiner 15-jährigen Tochter.

„Wisst ihr eigentlich, dass wir in zwei Wochen unser dreijähriges Jubiläum hier feiern können?", fragte Doris in die Runde.

„Tatsächlich? Wohnen wir schon so lange hier zusammen?", wunderte sich Ulla.

„Mir kommt es manchmal so vor, als sei es überhaupt noch nie anders gewesen ...", meinte Doris nachdenklich. „Auf jeden Fall war es die beste Idee des Jahrhunderts, diesen alten Kasten zu renovieren und ein Gemeindehaus und zusätzlich Wohnungen für uns daraus zu machen! Es ist einfach schön, mit euch unter einem Dach zu leben. Ich komme mir gar nicht mehr vor wie ein Single. Und außerdem haben wir auch keine weiten Wege mehr bis zur Gemeinde: nur noch bis ins Erdgeschoss und dann durch einen kurzen Gang ... sehr praktisch für Langschläfer!"

Zustimmendes Gemurmel war zu hören, unterbrochen von einem kräftigen Klingelton. „Das wird Walter sein", rief Holger, der gerade mit seinem frisch gewindelten Baby die Treppe herunterkam. „Ich mach schon auf."

Auf der Terrasse rückte man noch etwas näher zusammen, aber es gab Platz genug. Das alte Gebäude verfügte über ein großes Grundstück mit Wiese und ehrwürdigen Bäumen, und die Wohngemeinschaft hatte mithilfe vieler Gemeindemitglieder schon im ersten Sommer eine sehr geräumige Terrasse angelegt.

Mit großem Hallo wurde Walter begrüßt und mit Kaffee und Kuchen versorgt.

„Ein Jammer, dass ihr nicht noch eine kleine Wohnung für mich frei habt", meinte Walter nach einer Weile und wischte sich einen Kuchenkrümel vom T-Shirt. „Ich würde sofort bei euch einziehen!" Einen kurzen Moment schien er vor sich hin zu brüten, doch dann blickte er zaghaft grinsend in die Runde und fragte: „Na, wer von euch spielt denn noch mit mir Ball?"

Ralph, Holger und Christian waren sofort mit Begeisterung dabei, und auch Judith und Sabine sprangen auf. Auf der großen Wiese stand ein Basketballkorb, der nun heiß umkämpft wurde.

„Wie schön, dass Walter wieder ein bisschen lachen kann", sagte Frieda.

„Ja, langsam hat er wieder Boden unter den Füßen bekommen", meinte Ulla. „Es ist ja auch erst etwas über ein halbes Jahr her, seit Anna tödlich verunglückt ist."

Steffis Baby quengelte, und sie legte es an die Brust. „Wie geht es denn dir eigentlich, Ulla?", erkundigte sie sich dann.

„Ja, das habe ich mich auch heute Morgen bei der Predigt gefragt", nickte Karin und steckte Ulla den letzten Bissen Streuselkuchen in den Mund.

Ulla kaute nachdenklich und antwortete dann langsam: „Im Grunde geht es mir immer noch ganz gut. Vielleicht habe ich mich inzwischen damit abgefunden, gelähmt und hilflos zu sein. Aber ich träume trotzdem immer noch davon, wieder gesund zu werden. Ich vermisse so vieles: Meinen Beruf, den Sport, die Unabhängigkeit ... Bei der Predigt heute Morgen habe ich immer wieder gebetet: Jesus, du kannst auch mich wieder gesund machen. Tu es doch einfach!"

„Klar, Gott kann dich jederzeit heilen – das ist immer möglich, allerdings auch relativ unwahrscheinlich ...", sagte Doris. „Was meinst du, wie oft ich schon gebetet habe, dass Gott mir einen Mann gibt. Ich weiß, dass er das ohne Weiteres kann. Aber er wird schon seine Gründe dafür haben, dass ich mit 41 noch immer Single bin. Er kennt mich immerhin besser, als ich mich selbst kenne."

„Und wenn Gott Ulla tatsächlich heilen will?!", warf Karin ein. „Wir beten doch schon so lange dafür! Jeder Einzelne von uns, wir als Hausgemeinschaft, die ganze Gemeinde und bestimmt noch etliche Leute, die Ulla kennen."

„Ich selbst weiß manchmal gar nicht, ob ich noch weiter um Heilung bitten soll", schaltete sich Ulla wieder ein.

„Wie würde denn dein Leben aussehen, wenn du wieder gesund würdest?", erkundigte sich Steffi.

„Ich würde wohl wieder arbeiten gehen, in der Gemeinde könnte ich wieder einen Chor leiten, vielleicht noch einmal in die Jugendarbeit einsteigen. Und natürlich wieder Fahrrad fahren. Langeweile hätte ich bestimmt nicht!"

„Und wahrscheinlich hättest du dann auch keine Zeit mehr, unseren beiden Großen Nachhilfe in Mathe und Physik zu geben", grinste Karin.

„Aber ist denn die körperliche Gesundheit das Wichtigste in deinem Leben?", fragte Frieda. „Ich weiß, diese Krankheit ist etwas sehr Schweres, aber ist sie auch etwas Böses? Hat Gott nicht vielleicht gerade in der Krankheit etwas vor mit dir?"

„Ja, das kann sein“, erwiderte Ulla zögernd. „Wisst ihr, ohne diese Krankheit hätte ich wohl nicht so eine intensive Beziehung zu Gott. Noch nie zuvor habe ich mein Leben so vorbehaltlos in seine Hände gegeben wie in den letzten Jahren durch meine Krankheit. Gerade durch diese Krankheit habe ich auch viele Möglichkeiten, Gott zu dienen. Ich habe mehr Zeit als früher, und ich kann noch allerlei Sachen tun, bei denen man nicht unbedingt gesunde Hände und Füße braucht …“

„Ja, wenn ich nur an die Hausaufgabenbetreuung für die Gemeindekinder denke! Ohne dich wären wir doch völlig aufgeschmissen! Lauter aufgescheuchte Hühner, die keine Ahnung von Naturwissenschaften haben und schon beim kleinen Einmaleins an ihre Grenzen stoßen.“ Doris lachte ihr helles, ansteckendes Lachen. Doch dann wurde sie wieder ernst und fügte hinzu: „Außerdem hast du eine erstaunliche Begabung in der Seelsorge. Wenn jemand Erfahrung mit schweren Situationen hat, dann bist doch du es. Die Menschen vertrauen dir; jeder spürt, dass du schon alle Tiefen im Leben selbst mitgemacht hast. Und dass du trotzdem voller Überzeugung von Gottes Liebe sprechen kannst.“

„Das klingt ja gerade so, als ob Ulla gar nicht gesund werden sollte!“, rief Karin. „Ich würde mir so sehr wünschen, dass sie einfach aus dem Rollstuhl aufstehen und wieder gehen könnte, ihre Hände wieder gebrauchen könnte, einfach wieder gesund wäre!“

„Das wünsche ich mir auch“, seufzte Ulla, „aber Frieda und Doris haben ebenso recht.“

„Vielleicht ist dieser Zwiespalt in unserem Denken genau das, was mir immer in den Sinn kommt, wenn ich bete: Dein Wille geschehe“, warf Steffi ein. „Auf jeden Fall werden wir alle noch mehr für dich beten. Wie wäre es heute Abend um kurz nach acht, wenn die Kinder im Bett sind? Wir könnten uns alle bei uns oben treffen.“

Der Vorschlag stieß auf allgemeine Zustimmung.

Auch Ulla lächelte und nickte. Sie wusste, dass kein Gebet zu Gott vergeblich war – selbst wenn Gottes Antwort manchmal „nein“ oder „warte“ lautete.

„Ja, das ist eine wunderbare Idee“, strahlte Karin. „Wir sind auf jeden Fall dabei.“

„Wo sind wir auf jeden Fall dabei?“, fragte Christian, der gerade mit den anderen Basketballern schwitzend und zufrieden zur Terrasse zurückkam. „Und wo steht das Mineralwasser?"

* * *

Ulla lag im Bett und lauschte auf Ralphs regelmäßiges Atmen. Es war dunkel im Zimmer, durch die Rollläden sickerte wenig Licht von der Straßenbeleuchtung. Ullas Augen waren weit geöffnet, doch sie schaute nach innen. Ihre Gedanken kreisten schon seit Stunden nur um das eine Thema: *Wenn Gott mich heilen würde ...*

Am Abend hatten sie alle gemeinsam bei Steffi und Holger im Wohnzimmer gesessen und gebetet – nicht nur für Ulla, aber sehr intensiv für Ulla. Sie hatten um Heilung gebetet, wenn es Gottes Wille für Ulla entspricht.

Noch einmal ging ihr der Bibeltext von der Predigt am Morgen durch den Kopf. Ob der Gelähmte selbst wohl auch gebetet hatte? Oder ob er alles nur mit sich geschehen ließ? Ob er seine Freunde darum gebeten hatte, ihn zu Jesus zu bringen? Ob er wohl Angst gehabt hatte, als sie ihn auf seiner Matte auf das Dach trugen und ihn dann an Seilen durch die Decke herunterließen? Und was war das wohl für ein Gefühl, plötzlich aufstehen und gehen zu können? *Ich habe schon seit vier Jahren nicht mehr auf meinen eigenen Füßen gestanden,* dachte Ulla. *Wie macht man das eigentlich? Und was ist das wohl für ein Gefühl, wenn die Hände wieder funktionieren?*

Voller Sehnsucht nach einem gesunden Körper schlief sie endlich ein.

* * *

Wie gewöhnlich wachte Ulla auf, als Ralph in der Küche den Kaffee aufbrühte. Die Kombination von Kaffeeduft und Tassenklappern war in ihrem Kopf anscheinend das Signal zum Wachwerden. Nun musste sie noch warten, bis Ralph kam, um sie aus dem Bett zu heben, zu waschen und anzuziehen. Draußen schien die Sonne, aber im Zimmer war es noch dämmrig. Ulla hatte das Gefühl, dass sie sehr wirr geträumt hatte, doch sie erinnerte sich an nichts.

Ein Haar kitzelte sie an der Nase, und unwillkürlich hatte sie den Impuls, es wegzuwischen. Wie automatisch zog sie die Hand unter der Bettdecke hervor und strich sich übers Gesicht.

Dann erstarrte sie, schrie auf, ihr Herz klopfte plötzlich wie rasend. Sie hob auch die andere Hand, wedelte mit beiden Händen vor ihren Augen, richtete sich im Bett auf und schluchzte.

Ralph kam hereingestürmt. „Was ist los? Warum schreist du denn? Was –"

Völlig fassungslos starrte er seine Frau an, die ihm die Arme entgegenstreckte. Vor dem Bett sank Ralph auf die Knie, nahm Ulla in die Arme und flüsterte immer wieder: „Er hat es getan. Gott hat ein Wunder getan." Ulla war völlig überwältigt und lehnte sprachlos den Kopf an Ralphs Schulter.

„Kannst du aufstehen?", fragte Ralph und lauschte ungläubig seinen eigenen Worten.

Aufstehen, wie geht denn das?, dachte Ulla, doch ihr Körper schien das alles noch zu wissen. Sie saß plötzlich einfach auf der Bettkante, Ralph wollte sie halten, stützen, doch sie schüttelte sanft den Kopf – und stand auf.

Ihre Schritte waren sicher, wenn auch ihre Gedanken und Gefühle über eine innere Achterbahn sausten. Sie ging zur Tür, strich im Vorbeigehen über die Armlehne ihres Rollstuhls, ging in die Küche, sah sich staunend um – noch immer stumm.

Ralph folgte ihr unsicher.

„Mein Gott", stammelte Ulla, kniete sich mitten auf die Küchenfliesen. Tränen strömten über ihr Gesicht, als sie ihrem Herrn und Gott dankte, immer und immer wieder. Ralph kniete sich zu ihr und gemeinsam versuchten sie, das Unfassbare in Worte zu fassen.

* * *

„Und dann? Was hast du dann getan?" Karin war völlig aus dem Häuschen. Als der Anruf kam – die Kinder und auch Christian waren schon eine Viertelstunde zuvor zur Schule und zur Arbeit gegangen – war sie sofort nach oben gerannt, um das Wunder zu sehen.

Auch Doris war noch zu Hause, sie hatte sich kurzerhand einen Tag freigenommen. Frieda und Erwin hatten zwar noch geschlafen als Ralph ihnen die Nachricht überbrachte, aber sie hatten angekündigt, sobald wie möglich zu Ulla zu kommen. Sabine hatte Frühdienst, sie würde frühestens am Nachmittag von dem unfassbaren Wunder erfahren. Steffi und Holger allerdings waren mit beiden Kindern und einer großen Tüte Brötchen erschienen.

„Ich muss erst zur dritten Stunde in der Schule sein", erklärte Holger. „Ein Brötchen schaffe ich noch. Aber dieses Wunder wird mich den ganzen Tag – ach was, mein ganzes Leben lang begleiten!"

„Erzähl doch noch einmal!", forderte Karin Ulla nun schon zum fünften Mal auf.

„Ja, und steh noch einmal auf, und geh durch die Küche und heb die Tasse hoch, und iss dein Brötchen zu Ende ... Oh, das ist so wunder-, wunderschön! Ich will einfach wieder und wieder sehen, dass du wieder ganz gesund bist!", kicherte Doris. Auch sie war aufgedreht vor Glück wie ein kleines Mädchen.

Ulla selbst fühlte sich noch wie in Trance. Sie ging, sie stand, sie saß, sie trank selbstständig, sie belegte ihr Brötchen allein – alles Dinge, die ein erwachsener Mensch so selbstverständlich tut. Bei Ulla war es ein Wunder. Allein anziehen, allein zur Toilette gehen: ein Wunder. Allein die Nase putzen, allein das Haar aus der Stirn streichen: ein Wunder.

Nach ihrem Dankgebet hatten sie in der Küche gestanden, eng umschlungen, wie es seit Jahren nicht möglich gewesen war. Langsam war die innere Erstarrung gewichen. Ullas neues Leben hatte begonnen.

Sie war ins Bad gegangen, dann zurück ins Schlafzimmer, hatte sich angezogen. Ralph hatte währenddessen alle möglichen Leute benachrichtigt, um zwei Tage Urlaub gekämpft und zwischendurch immer wieder nach ihr gesehen: Kommst du wirklich allein klar? Geht es dir wirklich gut? Soll ich dir helfen?

Aber Ulla brauchte keine Hilfe mehr. Ulla war wieder selbstständig.

Im Laufe des Frühstücks fiel die restliche Unsicherheit völlig von ihr ab, und auf einmal begann sie zu strahlen. Eine tiefe Dankbarkeit legte sich wie eine weiche Decke über ihren ganzen Körper und über ihre ganze Seele.

„Freunde", jubelte sie, „Gott hat ein Wunder getan! Gott hat unsere Gebete erhört! Gott hat mich geheilt!"

Die Freude schäumte über und erfasste jeden, der im Laufe des Tages noch zu Besuch kam – das große Haus quoll fast über von Menschen, die die Heilung mit eigenen Augen sehen, mit den eigenen Händen betasten wollten. Gemeinsam dankten sie wieder und wieder Gott für dieses unfassbare Wunder.

* * *

Die Sensation hielt wenige Wochen an. Die Gemeinde veranstaltete ein großes Fest, lud die ganze Nachbarschaft, Ullas Ärzte und sogar die Presse ein. Die Ärzte bestätigten immer wieder, dass Ullas Krankheit unheilbar gewesen sei, dass diese offensichtliche Genesung medizinisch nicht erklärbar sei. Alle Untersuchungsergebnisse nach der Heilung zeigten unmissverständlich, dass das vorher geschädigte Gewebe nun vollständig und unerklärlich „ohne Befund", „unauffällig", mit anderen Worten: gesund sei.

Die örtliche Presse geizte nicht mit Ausdrücken wie „sensationelle Wunderheilung" oder „gesund gebetet".

Zwar wehrte sich Ulla gegen allzu dreiste Anteilnahme der öffentlichen Meinung, doch sie konnte nicht verhindern, dass ihr Foto auf der Titelseite erschien. Die Menschen waren begeistert und bestürmten sie mit immer neuen, immer gleichen Fragen.

Als sie sich am dritten Tag bei Karin darüber beklagte, dass die meisten Menschen nur an der Sensation interessierte waren, nicht aber an dem allmächtigen Gott, der die Heilung bewirkt hatte, meinte Karin: „Das ist doch die Gelegenheit, von der du immer geträumt hast! Erzähl doch den Leuten, was wirklich passiert ist: dass Gott dich einzig und allein aus seiner Gnade und Allmacht heraus geheilt hat! Und dass dieser Gott jeden einzelnen Menschen liebt, dass Jesus für die Sünden jedes einzelnen Menschen gestorben ist, damit jeder einzelne Mensch die Möglichkeit hat, ewiges Leben zu bekommen! Das ist doch das wahre Wunder!"

Ulla befolgte Karins gute Ratschläge, doch mit der Zeit wurden die Fragen der Leute immer seltener. Man ging zur Tagesordnung über. Ullas Dankbarkeit blieb.

* * *

Bei strahlendem Sonnenschein stürmte Ulla über die Terrasse, einen Henkelkorb mit dreißig Brötchen am Arm, in den Händen eine große Schüssel Salat.

Ralph und Holger waren damit beschäftigt, den überdimensionalen Grill in Gang zu bringen. Frieda legte Servietten zurecht, ein paar Männer trugen mehrere Kisten Wasser und Limonade heran.

„Da stehen noch mindestens drei Schüsseln Salat in der Gemeindeküche!", rief Doris, während sie zwei Schüsseln aufs Büffet stellte.

Steffi und Judith bauten einen Spieleparcours für die zahlreichen Kinder der Gemeinde auf, während Sabine derweil Steffis Nachwuchs in Schach hielt. Nach und nach füllten immer mehr Gemeindemitglieder, Nachbarn und Freunde den großen Garten. Man begrüßte sich herzlich, und jeder packte mit an, wo noch Hilfe benötigt wurde.

Fünf Jahre Gemeindehaus – fünf Jahre Wohngemeinschaft am Finkenstein!, verkündete ein großes buntes Transparent, das den halben Gartenzaun bedeckte.

„Ein herrliches Jubiläumswetter, findet ihr nicht auch?", strahlte Erwin.

Von allen Seiten war lautstarke Zustimmung zu hören. Man stand oder saß zusammen in kleinen Grüppchen, aß und trank gemeinsam, die Kinder und etliche Erwachsene spielten miteinander, einige hatten sich zusammengefunden und sangen.

Ulla, Karin und Doris saßen nebeneinander auf einer niedrigen Gartenmauer.

„Wisst ihr, dass es jetzt zwei Jahre und zwei Wochen her ist, dass Gott mich geheilt hat?!", fragte Ulla unvermittelt und sah zu Ralph hinüber.

„Ja", nickte Karin, „ich musste in den letzten Wochen auch immer wieder daran denken. Es ist doch erstaunlich, dass wir nicht öfter darüber sprechen, findest du nicht auch? Haben sich deine Erwartungen eigentlich erfüllt? Bist du nun nicht nur gesund, sondern auch glücklicher?"

„Ist das nicht eine komische Frage?", mischte sich Doris ein. „Natürlich ist man glücklicher, wenn man nicht krank und behindert und hilflos ist! Nicht wahr, Ulla?"

Vorsichtig pflügte Ulla sich durch ein Gedankenlabyrinth. Sie hatte viel darüber nachgedacht. Trotzdem wurde sie noch immer verwirrt von ihrer eigenen Seele.

Ullas Leben war wieder „ganz normal". Sie arbeitete wie früher in ihrem alten Beruf. Mit Ralph zusammen kümmerte sie sich jeden Freitagabend um die Jugendlichen in der Gemeinde und ihr altes Hobby, das

Fahrradfahren, hatte sie auch wieder aufgenommen. Da blieb nicht viel Zeit für mehr.

Die Hausaufgabenbetreuung der Gemeinde hatte sie an Judith abgegeben, nur noch Nachhilfeunterricht gab sie sporadisch. Bisweilen fragte jemand sie in der Seelsorge um Rat, doch manchmal beschlich Ulla dabei das Gefühl, dass viele Menschen sich ihr gegenüber unsicher fühlten. Das ist die, an der Gott ein Wunder getan hat, schienen manche zu denken, und man behandelte sie mit einer gewissen Ehrfurcht.

Ein ganz normales Leben mit einem ganz normalen Alltag – immer noch war die Dankbarkeit Gott gegenüber Ullas vorherrschendes Lebensgefühl. Das Glück, wieder selbstständig und unabhängig von anderen Menschen leben zu können, hatte seinen Glanz noch immer nicht verloren.

Aber Ulla spürte selbst, dass sie schon einige Fäden der Abhängigkeit von Gott durchgeschnitten hatte. Hatte sie sich wirklich schon von der engen inneren Verbindung zu Gott gelöst, hatte sie auf das feste Fundament ihres Lebens mit Gott trügerisch-zerbrechliche Eigenwilligkeiten gestapelt?

Für mich war es leichter, ganz nah bei Gott zu bleiben, als ich krank war und mir meiner Hilflosigkeit so ganz bewusst war, dachte Ulla. *Manchmal spazieren meine Gedanken sogar so weit, dass ich die Heilung rückgängig machen würde – was für ein völlig absurder, verrückter Gedanke!*

„Wisst ihr, ich bin wirklich unendlich froh und dankbar, dass ich wieder gesund bin", wandte sie sich an Karin und Doris. „Aber glücklicher bin nicht deshalb nicht. Ich habe inzwischen auch gelernt und am eigenen Leib erfahren, dass Frieda mit ihren Gedanken recht hatte: Krankheit muss nicht das Schlimmste im Leben sein, und auch der berühmte Spruch: ‚Hauptsache gesund' ist nicht das Wichtigste im Leben."

„Du sehnst dich doch wohl nicht etwa nach deiner Krankheit zurück?", fragte Doris provozierend.

„Nein, nein, ganz bestimmt nicht!", wehrte Ulla lachend, aber entschieden ab. „Aber eine Sache ist mir in letzter Zeit immer wichtiger geworden: Ich möchte so nah wie möglich bei meinem Herrn und Gott leben, egal, ob krank oder gesund."

Bruno

Bruno liegt vor ihrem Bett und schnarcht leise, den Kopf auf die Pfoten gelegt. Das hektische Piepsen des Weckers scheint ihn nicht im Geringsten zu stören. Chris stöhnt und wälzt sich aus dem Bett. Sie blinzelt aus dem Fenster: Ein makelloser Sommertag kündigt sich an. Doch um diese Uhrzeit hat Chris noch keinen Sinn für Sommer.

Wie jeden Morgen tappt Bruno hinter ihr her in die Küche und steht demonstrativ im Weg, lässt sie nicht aus den Augen, während Chris im Schlafanzug den Kaffee aufsetzt und den Tisch deckt. Er gibt erst Ruhe, als sein Futternapf gefüllt ist.

Sobald Chris die Terrassentür öffnet, kommt Rapunzel aus ihrem Lieblingsversteck unter der Tanne hervor. Die zierliche, rot getigerte Katze begrüßt Bruno mit einem kurzen Nasenstüber, inspiziert seinen mittlerweile leeren Napf und verdeutlicht ihren eigenen Anspruch auf Futter mit einem quietschenden Miau.

Der Kaffee duftet schon, und langsam wacht Chris auf. Mit einem leisen Lächeln betrachtet sie Bruno und Rapunzel. Bruno begibt sich in den Garten, majestätisch wie ein junger Prinz; Rapunzel hat sich schon auf dem Sofa zusammengerollt.

Chris nippt an ihrem heißen Kaffee und beginnt, ein paar Brote für ihren Mann zu richten. Schon seit einer Weile hört sie ihn im Badezimmer rumoren.

Kurz darauf erscheint Michael in der Küche. Er ist fertig angezogen und riecht frisch geduscht. Ein Kuss, eine kurze Umarmung.

- Gut geschlafen, Chris?

Eine halbe Stunde später macht sich Michael auf den Weg zur Arbeit.

- Ich wünsche dir einen schönen Tag.
- Ich freue mich auf heute Abend.

Chris nimmt den letzten Schluck Kaffee und beginnt ihre kleine Runde. Lüften, Betten machen. Schon genug Wäsche für eine Maschine?

Nach dem Duschen freut sich Chris auf den Sommer, in den sie nun mit Bruno eintauchen kann. Mit Hund und Fahrrad ist sie fast eine Stunde lang in Feld und Wald unterwegs.

Früher war ihr Morgen immer sehr viel hektischer verlaufen.

Frühstück für sieben Personen, die Großen mussten immer schon um zehn vor sieben aus dem Haus, um ihren Bus noch zu erreichen. Sie machte Kaffee, Kakao, Schulbrote. Immer mal durchzählen: Wer hat verschlafen und muss noch mal geweckt werden? Die jüngeren Kinder hatten auch morgens schon ein großes Mitteilungsbedürfnis. Trotz Müdigkeit antworten. Freundlich.

- *Wo ist mein Malblock?*
- *Mein Turnbeutel ist weg!*
- *Mama, ich mag doch gar keinen Käse!*

Dazwischen wuselten die Tiere, verlangten ihr Frühstück. Rapunzel war noch jung und fraß für drei. Flocke, die alte Hündin, lag nach dem Fressen immer im Flur, wo meistens jemand über sie stolperte.

Früher gab es alles nur in doppeltem Maßstab: Putzen, waschen, einkaufen, kochen. Eine völlig saubere Wohnung, eine Waschmaschine, ein Trockner ohne Wäsche? Niemals! Dafür aber Riesentöpfe mit Nudeln, große Schüsseln mit Salat, Frikadellen-Berge ...

Nachmittags Anteil nehmen an sportlichen und musikalischen Hobbys. Das Leben miteinander teilen. Ja, es war anstrengend gewesen, aber sie hatte es auch genossen.

* * *

Zögernd taucht Tina aus ihrem angenehmen Traum auf. Mühsam dreht sie den Kopf nach links zum Fenster. Durch einen Spalt in den Vorhängen sieht sie einen schmalen Streifen sommerblauen Himmel. Die Sonne dringt nicht hindurch.

Eigentlich möchte Tina am liebsten noch ein wenig liegen bleiben, allein sein, die Gedanken spazieren gehen lassen. Aber da ist wieder dieser Schmerz an den Fersen. Wenn man die gelähmten Beine wenigstens mal eine Kleinigkeit bewegen könnte ... Auch unter dem linken Oberarm spürt sie jetzt eine Druckstelle – wohl von einer kleinen Falte im Laken. Ergeben dreht sie das Gesicht nach rechts, wo der Druck ihres Kopfes eine Klingel auslöst.

Schon geht die Tür auf: die Pflegerin.

- Guten Morgen! Haben Sie gut geschlafen?

Eine freundliche Frage, doch Tina antwortet nicht. Sie kann nicht mehr sprechen. Durch ihre Krankheit sind viele Muskeln in ihrem Körper gelähmt, nicht nur Arme und Beine, Füße und Hände: Auch die Zunge funktioniert nicht mehr, und die Atemmuskulatur ist ebenfalls schon sehr schwach. Deshalb muss Tina auch fast ständig künstlich beatmet werden. Nur die Augen sind noch einwandfrei, und der Verstand ist hellwach.

- Ihr Mann ist schon zur Arbeit gegangen.

Das weiß ich doch, denkt Tina. *Er hat sich schließlich schon vor einer halben Stunde, wie jeden Morgen, liebevoll von mir verabschiedet.*

Ein ganz normaler Morgen. Die Pflegerin richtet Tina im Bett auf, hebt sie mit einer Art elektrischem Hebekran aus dem Bett, fährt sie mit dem Duschrollstuhl ins Badezimmer. Dort wird Tina gewaschen, anschließend angezogen. Tina blickt auf die Uhr. *Wie lange das immer alles dauert!*

- Was möchten Sie zum Frühstück essen?

Die Pflegerin zählt auf: Toastbrot, Schwarzbrot, Käse, Marmelade ... Dabei beobachtet sie Tina, die ihre Auswahl mit einem Blinzeln bestätigt. Milchkaffee mit einem Stück Zucker nimmt Tina immer. Mit einem Trinkhalm.

Früher hatte sie sich nicht wie eine Prinzessin bedienen lassen müssen. Sie war selbst ein Dienstleistungsunternehmen gewesen: Fa. Mama GmbH.

Das war immer ein buntes Treiben gewesen, morgens die Großen in die Schule schicken, die Kleinen für den Kindergarten fertigmachen. Schuhe anziehen, Jacken suchen, Kampf mit dem Reißverschluss, den Hund ruhig halten. Schließlich sind alle fertig, Hund an der Leine – ach ja, und die eigenen Schuhe auch noch anziehen.

Eines Tages hatte sie beschlossen, den Kindern das Schleifebinden beizubringen. Drei Kinder – drei Charaktere. Kind eins schaut zu, lernt, übt, übt weiter, hat es schon bald geschafft! Kind zwei schaut zu, schaut wieder weg, probiert alles aus, verknotet sich die Fingerchen – Mama!! Kind drei schaut zu, schaut zu, schaut zu: Mach du, Mama.

Eine wirkliche Erleichterung für das morgendliche Fertigmachen zum Kindergarten war ihre Aktion nicht geworden. Aber irgendwann hatten sie alle das Schleifebinden gelernt. Mit der Zeit waren sie alle groß, selbstständig, erwachsen geworden.

* * *

Bruno und Chris genießen den Sommer: Grüntöne in allen Variationen, bunte Tupfen überall, fast reifes Getreide, im Wald der Duft von Laub und Moos. Chris ist begeistert von Gottes wunderbarer Schöpfung, begeistert von Gott, dem Schöpfer.

Als sie nach einer großen Runde wieder zu Hause sind, setzt sich Chris auf die Terrasse, um in aller Ruhe in ihrer Bibel zu lesen und mit ihrem Herrn und Gott zu sprechen.

Chris' Herz fließt über von Dankbarkeit – es fließt in ihr Gebet. Sie dankt für ihren Mann, für den Sommer, für die Schöpfung, auch für Bruno.

Früher hatte sie nie so viel Zeit gehabt, in Ruhe in der Bibel zu lesen oder zu beten. Dennoch war sie sich der Nähe Gottes stets bewusst gewesen. Und gelesen hatte sie schon viel, wenn man es recht bedenkt. Nur selten allein.

Sowohl sie selbst als auch die Kinder liebten es: das Vorlesen! Kein Tag verging ohne „Lesestunde". Bilderbücher, Bibelgeschichten, Kinderbuch-Klassiker – eine bunte Mischung, täglich neu! Über Jahre hinweg war die tägliche Lesestunde ein fester Bestandteil des Alltags gewesen. Sogar Flocke hatte sich immer dazu gelegt – und geschlafen. Als schließlich auch das jüngste Kind selbst fließend lesen konnte, war das Vorlesen allmählich aus dem Tagesablauf verschwunden.

* * *

Tina hat endlich das Frühstück geschafft und sitzt in ihrem Hightech-Rollstuhl. Mithilfe eines Computers, den sie mit Augenbewegungen steuert, kann sie nun auch „sprechen": Sie kann Worte, Sätze, kleine Texte schreiben, die der Sprachcomputer dann mit elektronischer Stimme für sie spricht.

- „ich möchte auf die terrasse."
- „spannen sie bitte den sonnenschirm auf."

Tina nimmt die ganze Pracht des Sommers in sich auf. Die Farben, die Düfte, die Geräusche: Wind in der Birke, das Flöten einer Amsel, das monotone Quaken der Frösche.

Vielleicht könnte sie später noch „spazieren gehen". Mal wieder was anderes sehen, ein winziges Stückchen Freiheit auskosten: mit der Höchstgeschwindigkeit des Elektrorollstuhls der Pflegerin immer ein paar Meter voraus sein ...

Früher hatte sie nicht die Muße gehabt, einfach zweckfrei spazieren zu gehen. Dennoch war sie ständig unterwegs gewesen: als Taxiunternehmen Mama. Kinderstunde, Fußballtraining, Musikunterricht, Kindergeburtstag – irgendeiner musste immer irgendwohin.

Mit zunehmendem Alter der Kinder wurde auch der Aktionsradius immer größer. Mit der Zeit hatte sie gelernt, solche unvermeidlichen Fahrten mit ihren eigenen unvermeidlichen Terminen und Besorgungen zu koordinieren. In einer Großfamilie ist eben alles eine Frage der Organisation.

* * *

Chris atmet noch einmal tief durch und steht auf. Bruno scheint das sofort als Signal zu verstehen: Es geht wieder los! Er springt und hüpft um Chris herum.

- Nein, nein Bruno! Du musst jetzt hierbleiben.

Diesen Satz kennt der junge Hund. Sichtbar betroffen dreht er sich um und legt sich wieder in den Schatten. *Beleidigt?*

Chris radelt die zwei Kilometer zum Markt. Etwas frisches Obst, ein Kopf Salat, Blumenkohl im Sonderangebot. Schnitzel oder Fischfilet? Auf jeden Fall noch Blumen!

- Sonnenblumen, schöne frische Sonnenblumen! Ein Strauß für Sie, junge Frau?

Junge Frau? Chris grinst belustigt. *So jung ja nun auch wieder nicht, mit fünf erwachsenen Kindern.* Aber Komplimente tun immer gut, auch gedankenlose. Chris besorgt noch ein paar Kleinigkeiten im Supermarkt, quetscht sie zu den anderen Sachen in den Fahrradkorb und macht sich auf den Heimweg.

Früher war das Einkaufen oft eine wirkliche Herausforderung gewesen. Während der Sommerferien ließ es sich manchmal nicht vermeiden, den Wocheneinkauf mit allen Kindern zusammen zu erledigen.

Die Große war schon neun und hatte eine wichtige Aufgabe: Sie schob das Baby im Kinderwagen. Der siebenjährige Fast-Zweitklässler musste seine Lesefähigkeit an ausnahmslos allen Artikeln im Supermarkt demonstrieren, während die beiden Kindergartenkinder ständig in unterschiedliche Richtungen davon spritzten.

Dann die allgegenwärtige Frage zwischendurch: Sind das alles Ihre?!? Und der Blick der Kassiererin: Wie haben Sie das alles bloß in einen einzigen Wagen gekriegt? Hoffentlich können Sie es auch bezahlen!

Nach einem solchen Einkauf war sie immer ziemlich erledigt gewesen, aber irgendwie, ja, irgendwie hatte es doch Spaß gemacht!

* * *

Tina lässt sich ihre Lieblings-CD auflegen; wenn man schon nicht sprechen kann, so kann man doch immer noch hören. Mit der Zeit hatte sie gelernt, das Zischen des Atemgeräts einfach auszublenden und die Musik zu genießen.

- Soll ich Ihnen eine neue CD auflegen?

Tina blinzelt das verabredete Zeichen für „nein". Nein, sie möchte nicht mehr nur hören. Sie möchte reden, tiefe Gespräche führen. Nicht mit einer Pflegerin, sondern mit jemandem, der ihr ganz vertraut ist –

- „bitte lassen sie mich einen moment allein."
- Können Sie die Klingel erreichen?

Blinzeln: Ja.

Mein Herr und mein Gott, betet Tina in Gedanken, *wie gut, dass ich mit DIR noch reden kann!*

Keine Missverständnisse, keine langwierigen Erklärungen, aber einer, der sie durch und durch kennt und liebt und versteht. Beten geht immer, auch wenn die Worte sich nicht mehr laut formen lassen.

Früher war ihr Tag von morgens bis abends erfüllt gewesen von Worten, leise und laute Worte; gesprochen, gelesen, gesungen. Wie viele Worte gehörten damals zu ihrem Alltag! Ermutigende, ermahnende, tröstende Worte, Lieder, Späße und Wortspiele, aber auch Streit, Beleidigung, ungerechte Worte. Die schönsten Worte: Vergebung.

Gespräche, immer wieder: Kindergartenfreunde, Schulprobleme, Teenagerliebe, Berufswahl –

Das Reden war so unmittelbar und selbstverständlich.

* * *

Chris wird freudig begrüßt: Bruno ist nicht mehr beleidigt. Sie räumt die Einkäufe weg und schaut auf die Uhr. *Was steht noch auf dem Programm für heute?*

Schon lange hatte sie sich vorgenommen, den Abstellraum endlich gründlich aufzuräumen. Dafür sollte heute genügend Zeit sein. Am Nachmittag wollte sie sich mit zwei Frauen aus der Gemeinde zum Gebet treffen, und anschließend hatten sie einen gemeinsamen Besuch im Schwimmbad geplant.

Dann bleibt danach immer noch genügend Zeit zum Kochen, wenn Michael von der Arbeit kommt. Und bei dem schönen Sommerwetter würde sie heute Abend noch eine ganze Weile auf der Terrasse in diesem spannenden neuen Buch weiterlesen können.

So ein freier Tag in der Woche ist wirklich eine tolle Sache, denkt Chris. *Wie sieht es morgen aus? Ach ja, sechs Stunden Unterricht, bis in den Abend hinein. Aber alles in allem war es schon eine gute Entscheidung, den Job als Lehrerin an einer Sprachschule anzunehmen.*

Früher hätte sie keine Freiräume und keine überschüssige Kraft dafür gehabt. Und früher hätte sie sich auch nicht einfach so nachmittags mit anderen Frauen zum Gebet treffen können. Dafür gab es oft turbulente Kinderstunden mit biblischen Geschichten, Spielen, Basteln – und immer mit einer Menge Lieder, die sie auf der Gitarre begleitet hatte.

Mit den Kindern hatte sie die Bibel auf ganz andere Weise entdeckt: nicht mit Ruhe und Andacht, sondern quirlig, kreativ, ganz unmittelbar mit allen Sinnen. Und gerade diese kindliche Art hatte ihr oft erstaunliche Erkenntnisse gebracht.

* * *

Tinas Tag fließt träge dahin. Die Pflegerin kocht, anschließend füttert sie ihre Patientin. Trotz des schönen Wetters fühlt Tina sich schlapp und müde. Sie fährt zum PC. Zwei oder drei kurze E-Mails kann sie erledigen, Buchstabe für Buchstabe dank einer raffinierten Technik mit den Augen auswählen und anklicken – dann reicht die Kraft einfach nicht mehr aus.

- Möchten Sie ein wenig ruhen?

Blinzeln: Ja.

Was heißt hier: möchten Sie?, denkt Tina. *Was bleibt mir anderes übrig? Mein Körper braucht die Ruhe. Dabei ist mein Kopf so hellwach, dass ich Funken sprühen könnte!*

Es dauert immer eine ganze Weile, bis Tina mithilfe allerlei technischer Hilfsmittel vom Rollstuhl in den Ruhesessel umgesetzt ist. Endlich kann ihr Körper sich wieder entspannen, in halb liegender Position.

Ich könnte noch ein bisschen lesen, denkt Tina – *dazu habe ich ja mittlerweile wirklich Zeit genug. Und mit dem elektrischen Blattwendegerät ist es ja immerhin noch möglich. Aber jeden Tag lesen, stundenlang ...?! Lieber baue ich noch ein paar Luftschlösser, dazu braucht man keinen gesunden Körper!*

Früher habe ich um jede freie Stunde gekämpft. Früher hätte ich mir manchmal ein bisschen Ruhe gewünscht.

Früher war alles einfacher. Selbstverständliche Dinge wie Waschen, Anziehen, Essen, Reden, Atmen waren noch selbstverständlich. Ich brauchte nicht für alles irgendwelche sinnigen Apparate.

Früher war alles besser.

> *Wirklich?*
> *Hat sich denn der Sinn deines Lebens geändert durch die Krankheit?*
> *Oder hat sich das Ziel deines Lebens geändert?*
> *Spürst du nicht mehr, wie du getragen wirst von Liebe?*
> *Hast du meine Worte vergessen, die du selbst schon so oft weitergesagt hast?*
> *„Meine Kraft ist in den Schwachen mächtig."*
> *Hast du es nicht immer wieder erfahren?*
> *Ist nicht jeder neue Tag noch immer ein Geschenk?*

Mein Herr und mein Gott!, stammelt Tina in ihren Gedanken. *Ja, mein Leben ist noch immer ein Geschenk. Und ich danke dir für meinen Mann, für den Sommer, für die Schöpfung, auch für meine Pflegerin.*

* * *

Als Michael nach Hause kommt, liegt Tina noch immer in ihrem Ruhesessel; Rapunzel hat sich auf ihrem Schoß zusammengerollt.

„Guten Abend, Christina, mein Schatz. Hast du ein bisschen geschlafen?", fragt Michael und gibt ihr einen Kuss auf die Stirn. Dann wartet er geduldig, bis Tina die Antwort in ihren Sprachcomputer buchstabiert hat.

- „nein, nicht geschlafen, nur gewünscht und geträumt und mich erinnert. ich hatte wieder einen hund. er hieß bruno."

Auf und davon

Verstohlen holte Tobias sein Handy aus der Tasche: 1:37 Uhr!

Das wird wohl eine kurze Nacht.

„Mann, hast du dein Telefon aus dem Museum? Das ist ja echt aus der Steinzeit!"

Die spöttische Bemerkung seines neuen Studienkollegen Alex entlockte Tobias nur ein amüsiertes Grinsen. „Kann schon sein, ist von meiner großen Schwester. Aber telefonieren und simsen hat das schon drauf!"

Alex und Tobias gingen das letzte Stück Fußweg zum Studentenwohnheim gemeinsam. Drinnen trennten sich ihre Wege: Tobias wohnte im Erdgeschoss, Alex stieg in den Aufzug.

„Kommst du morgen Vormittag wirklich nicht mit zu Sonja? Wir wollen doch noch zusammen für den Test am Montag lernen!"

„Nein, ich kann wirklich nicht. Ich … ich hab einen Termin."

„Ein Termin am Sonntagmorgen? Na, das muss ja was Wichtiges sein!", stichelte Alex. „Also, wenn du es dir doch noch anders überlegst: Ich fahre kurz nach elf mit der Bahn."

„Ist okay. Aber du brauchst nicht auf mich zu warten. Gute Nacht, Alex."

„Gute Nacht."

Zehn Minuten später aktivierte Tobias die Weckfunktion an seinem Handy. Um Viertel nach acht schon wieder aufstehen?

Halb neun reicht auch, dachte er, *dann fahre ich eben nicht mit dem Bus. Wenn ich mich beeile, schaffe ich es mit dem Fahrrad in fünfundzwanzig Minuten. Warum müssen die in der Gemeinde bloß immer so früh anfangen?*

Hundemüde fiel Tobias ins Bett, doch der Schlaf kam nicht. Es war erbärmlich kalt in seinem Zimmer. Der ungewohnte Alkohol verursachte eine leichte Übelkeit.

Was sind schon zwei oder drei Gläschen Bier? Betrunken bin ich davon wirklich nicht!

Völlig erschöpft, aber dennoch schlaflos wälzte sich er von einer Seite auf die andere. Die Matratze quietschte leise.

Es war schon nach drei, als Tobias zum letzten Mal auf die Uhr sah. Irgendwann schlief er endlich ein.

* * *

Das nervige Piepen weckte ihn unsanft.

Tobias stöhnte. Durch die Vorhänge sickerte das trübe Licht eines verregneten Oktobermorgens. *Einfach liegen bleiben und weiter schlafen*, dachte er. *Es wird mich schon keiner vermissen. – Denk an dein Versprechen*, mahnte eine innere Stimme. *Du hast doch Gott versprochen, dass du wenigstens bis November versuchst, regelmäßig zum Gottesdienst zu gehen.*

Tobias blieb noch eine Weile liegen und stöhnte lauter. Fast wäre er wieder eingeschlafen. Doch schließlich siegte das Pflichtgefühl.

Ächzend stand er auf und schlurfte ins Badezimmer. Aus dem Spiegel blickten ihn verquollene Augen an. Er wandte seinen Blick schnell ab.

Um zwölf nach neun stieg er auf sein Fahrrad und radelte los. Ein leichter Nieselregen, verbunden mit gelegentlichen kalten Windböen, sorgte dafür, dass Tobias endgültig wach wurde.

Na also, ich hab es doch geschafft, dachte er und kam sich ziemlich heldenhaft vor. *Kein Grund zur Sorge*, könnte er seiner Mutter guten Gewissens am Telefon sagen. *Natürlich gehe ich zur Gemeinde, was denkst du denn? Der Umzug und das Studium und die neuen Freunde – das alles hat mit meinem Glauben doch nichts zu tun!*

Tobias fuhr so schnell, wie die nassen Straßen es eben zuließen. Er war etwas außer Atem, als er in das Gewerbegebiet einbog, in dem das neu gebaute Gemeindehaus stand.

Als er auf das Gebäude zukam, stutzte er. Der Parkplatz war völlig leer, kein einziges Auto stand dort. *Merkwürdig.*

Tobias stellte sein Fahrrad in den Fahrradständer und schloss es ab – auch der Fahrradständer war ansonsten leer.

Eigenartig, dachte er. *Bin ich etwa zu früh?! Habe ich irgendetwas nicht mitbekommen, einen Gemeindeausflug oder so?* Er holte das Handy aus der Tasche und kontrollierte die Uhrzeit: 9:34 Uhr – *ein neuer Rekord* –, also eigentlich vier Minuten zu spät.

Stramme Leistung nach dem Abend gestern, dachte Tobias flüchtig. *Aber wieso findet jetzt hier kein Gottesdienst statt?*

Der Haupteingang war abgeschlossen. Suchend ging er um das Gebäude herum. Auf der anderen Seite war eine große Fensterfront. Der Gemeindesaal lag dunkel, leer und verlassen.

Als er um die nächste Ecke bog, konnte er durch die Fenster der Kinderräume sehen: auch leer. An der Wand, dem Fenster direkt gegenüber, hing eine große alte Uhr. Sie zeigte sieben Minuten nach halb zehn.

Ziemlich verunsichert schüttelte Tobias den Kopf. *Fängt der Gottesdienst vielleicht doch erst um zehn Uhr an?*

Er ging wieder zurück zum Haupteingang – immer noch verschlossen. Das Schild neben der Tür verkündete: *Herzlich willkommen, Gottesdienst jeden Sonntag 9:30 Uhr.*

Ist heute etwa nicht Sonntag? Nein, das kann nicht sein. Gestern war definitiv Samstag, und ich war mit Alex und den anderen auf ein Bierchen in der Altstadt. So viel habe ich nun auch nicht getrunken – ich bin doch nicht verrückt.

Vorsichtshalber holte Tobias noch einmal sein Handy hervor: 9:41 Uhr.

Das gibt's doch nicht! Was soll denn das? Wieso ist keiner hier – außer mir?

Es begann heftiger zu regnen und er stellte sich dicht an die Wand unter dem kleinen Vordach.

Was soll ich denn jetzt bloß machen? Einfach nach Hause fahren?

Der Regen prasselte plötzlich sehr heftig und nahm ihm die Entscheidung ab.

Also gut, ich warte noch, bis das Wetter sich beruhigt. Und vielleicht kommen die anderen ja doch noch …

* * *

Als Tobias vor zwei Monaten mit dem Studium an der Fachhochschule begonnen hatte, war er dem Vorschlag seiner Mutter gefolgt und hatte sich sofort eine Gemeinde gesucht. Das kam ihm ganz natürlich vor – schließlich war er von Kindheit an jeden Sonntag mit seinen Eltern zum Gottesdienst gegangen. In den letzten drei Jahren war er auch regelmäßig zu den Treffen der Jugendgruppe erschienen. Die Gruppe hatte coole Sachen unternommen und außerdem gab es da ein paar nette Mädchen, vor allem Tabea. Er war allerdings mit ihr nie so richtig weitergekommen.

Seine neue Gemeinde hier war auch ganz okay. Ein bisschen kleiner, keine hundert Leute. Es gab nur wenige andere Studenten und die hatte er in den paar Wochen bis jetzt auch noch nicht richtig kennengelernt. Sie studierten ganz andere Fächer als Tobias. Zwar hatten sie ihn zu ihrem Studenten-Hauskreis eingeladen, aber bisher hatte er noch keine Gelegenheit gehabt, einmal hinzugehen.

Ansonsten gab es jede Menge junge Familien mit einer erschreckenden Anzahl an kleinen, ganz kleinen und etwas größeren Kindern. Eine Handvoll alter Leute über fünfzig hatte Tobias auch registriert, von einem Ehepaar war er sogar schon bei seinem ersten Besuch in der Gemeinde zum Mittagessen eingeladen worden. Er hatte die Einladung allerdings nicht annehmen können.

* * *

Der Regen hatte wieder etwas nachgelassen.

Vielleicht sollte ich jetzt nach Hause fahren? So ein Mist, wo sind denn die anderen bloß?!?

Inzwischen war es zehn vor zehn. Tobias starrte auf die verschlossene Tür. Trotzig rüttelte er an der Klinke. Nichts.

„Siehe, ich stehe vor der Tür und klopfe an."

Der Bibelvers war unvermittelt in seinem Kopf aufgetaucht. Tobias kannte ihn schon seit frühester Kindheit, er sah die Illustration aus der Kinderstube förmlich noch vor sich: Jesus steht auf der einen Seite der Tür und klopft, ein Kind mit rotem Pullover steht auf der anderen Seite und streckt die Hand nach der Klinke aus.

Wieso konnte er sich bloß an den roten Pullover erinnern?

„Der Herr Jesus will auch in dein Herz kommen", hatte Tante Elisabeth in der Kinderstunde gesagt. „Du musst ihn nur hereinlassen."

Das hatte Tobias auch brav getan, mit dem ganzen Ernst seiner neun Jahre. Und damit war für ihn die Sache erledigt gewesen.

„Siehe, ich stehe vor der Tür und klopfe an."

Ganz plötzlich durchzuckte ihn ein schrecklicher Gedanke. Trotz der

Kälte wurde ihm heiß und sein Herz klopfte heftig. Die Predigt vom letzten Sonntag war ihm eingefallen: Es ging um die Entrückung. Der Prediger hatte von diesem „Familiengeheimnis" der Christen gesprochen.

„Die Bibel sagt: Jesus Christus kommt wieder, um seine Kinder zu sich in den Himmel zu holen. Wir wissen nicht, wann dies geschehen wird, doch es kann sehr bald geschehen. Bist du bereit? Bist du ein Kind Gottes?"

Letzte Woche hatte Tobias die Predigt an sich abperlen lassen – er kannte das Thema schließlich schon. Doch plötzlich drängte sich dieser Gedanke mit ganz neuer Aktualität in seinem Kopf.

Ja, es kann wohl nicht anders sein. Ich hätte es doch wissen müssen. Die anderen sind entrückt worden. Und ich – und ich bin übrig geblieben. Deshalb ist keiner hier. Sie sind alle weg. Alle, nur ich nicht. Überwältigt von diesen entsetzlichen Gedanken lehnte sich Tobias an die Tür und schloss verzweifelt die Augen.

Ja, bei Gelegenheit, bei einer Andacht in der Jugendstunde oder bei einer Predigt, war er in der Vergangenheit schon manches Mal ins Grübeln geraten.

Was ist denn, wenn meine Kinderbekehrung gar nicht echt war? Was ist, wenn ich einfach nicht „fromm" genug bin?

Wenn man sich nicht weiter damit beschäftigt, hört das beunruhigende Klopfen irgendwann einfach von selbst auf, hatte Tobias festgestellt.

Er war problemlos weiterhin zur Jugendstunde und zum Gottesdienst gegangen, hatte sich im Großen und Ganzen an den christlichen „Verhaltenskodex", so wie er ihn von klein auf kannte, gehalten. Er war nie ein besonders rebellischer Typ gewesen und einfach mitgelaufen. Die Gedanken sind frei.

Schon viele Aufrufe hatte Tobias über sich ergehen lassen; manche Formulierungen hatten ihm allerdings sehr gefallen. „Du wirst nicht zu einem Auto, nur weil Du in einer Garage stehst. Ebenso wenig wirst du zu einem Christen, nur weil du in eine Gemeinde gehst." – „Ein halber Christ ist ein ganzer Unsinn." – „Sei ganz Sein oder lass es ganz sein."

Er hatte sehr gut gewusst, dass er nicht mit ganzem Herzen Christ war. Ein bisschen Christentum kann nicht schaden – aber mit ganzer Konsequenz? Nein, das hatte er nie gewollt. Er war ein „U-Boot-Christ" geblieben. In seinem Alltag blieb sein Glaube versteckt unter der Oberfläche, er tauchte nur sonntags in der Gemeinde auf. Und bisher war er auch bestens mit seinem Doppelleben zurechtgekommen. Aber nun ist plötzlich alles anders.

Ist jetzt alles zu spät?, fragte er sich trostlos. *Was soll ich denn jetzt bloß tun?*

Tobias hörte, wie ein Auto vorbeikam. Anscheinend bog es auf den Gemeindeparkplatz ab. Er drehte sich um; tatsächlich, da parkte gerade der dunkelrote Kleinbus des Predigers.

Heißt der nicht Andreas?, fragte sich Tobias flüchtig. *Das kann doch nicht sein, dass er noch hier ist?! Der etwa auch?*

Türen öffneten sich, und die vier Kinder des Predigers stiegen lärmend aus dem Wagen. Einen Moment später flitzten sie um die Ecke, gefolgt von ihren Eltern.

„Hallo, Tobias", rief Andreas erstaunt. „Du bist schon da? Dann werde ich mal schnell die Tür aufschließen, du bist ja ganz durchnässt!"

Während er den Schlüssel aus der Jackentasche holte, sah er Tobias besorgt an. „Alles in Ordnung mit dir? Du sagst ja gar nichts."

Die Frau des Predigers hatte Tobias auch kurz begrüßt, war aber schon mit den Kindern im Gemeindehaus verschwunden. Er stand immer noch da wie festgewachsen, blickte Andreas mit großen Augen an und sagte kein Wort.

Andreas packt ihn an der Schulter. „Was ist denn los mit dir? Und warum bist du so früh hier? Es ist ja erst zehn nach neun – neue Zeit. Geht es dir nicht gut? Oder hast Du bloß die Umstellung auf die Winterzeit verpasst?"

„Winterzeit? Ach ja. Hab ich ganz vergessen", murmelte Tobias. *Da bin ich wohl noch mal davon gekommen*, dachte er erleichtert. *Aber das will ich nicht noch einmal erleben.* „Äh … Andreas, kann ich dich vielleicht gleich noch mal sprechen? Ich glaube, ich muss da was klären."

Kleine Prinzessin

für C.

Vergnügt sitzt Friederike auf der Schaukel. Sie hat die Augen geschlossen und singt leise vor sich hin, während sie sich mit den Füßen abstößt und den Körper sanft hin und her schwingen lässt. Neben ihr hangeln sich ein paar Kinder am Klettergerüst hoch, doch sie bemerkt es gar nicht, ist für den Moment ganz in ihre eigene kleine Welt eingetaucht.

Brigitte lehnt auf einer Bank in der Sonne und genießt den lang ersehnten Urlaub. Ab und zu schaut sie zu ihrer Tochter auf der Schaukel hinüber und lächelt. Schröder, Friederikes kurzhaarige Promenadenmischung, liegt dösend im Schatten der Bank.

Plötzlich erregt irgendetwas seine Aufmerksamkeit: Unvermittelt springt er auf und will nach vorn stürmen, doch er kommt nur bis zum Ende der Leine. Bellend und schwanzwedelnd steht er auf dem Weg und begrüßt schon von Weitem einen wuscheligen kleinen Hund. Scheinbar unbeteiligt trabt der kleine Weiße heran, aber auf den letzten zehn Metern gibt er richtig Gas und stürmt auf Schröder zu.

„Mona! Halt, hierher!", ruft die blonde junge Frau am Ende der langen Leine, doch Mona scheint das nicht zu stören. Selbstbewusst schaut die Hundedame zu Schröder hoch, der weiterhin mit dem Schwanz wedelt und sie mit Interesse betrachtet und beschnuppert.

„Die scheinen sich ja gut zu verstehen", meint Brigitte.

„Ja, schade, dass die beiden hier auf dem Spielplatz nicht toben dürfen!", erwidert Monas Frauchen. „Mona ist noch ziemlich verspielt."

„Sie ist sicher noch jung, oder? Zumindest ist sie sehr lebhaft!"

„Ja, Mona ist erst drei. Sie hat gestern zum ersten Mal in ihrem Leben das Meer gesehen, aber das war ihr zuerst anscheinend ziemlich unheimlich, so laut und immer in Bewegung. Bis dahin kannte sie nur den großen See, auf dem mein Mann häufig surfen geht."

„Wir sind auch gestern erst angekommen, und abends am Strand war Schröder ganz begeistert und hat Möwen gejagt ... Ein Glück, dass die Vögel fliegen können und er nicht! Nur das Salzwasser schmeckt ihm überhaupt nicht ..."

„Ihr Hund heißt Schröder? Was für ein ulkiger Name!"

Brigitte lacht. „Den hat sich meine Tochter ausgedacht, als sie Schröder vor ein paar Jahren zum Geburtstag bekommen hat. Sie hatte den Namen immer mal wieder in den Nachrichten gehört. Raten Sie mal, wer damals Bundeskanzler war ... Aber sie war absolut nicht davon abzubringen. Am Anfang war es mir manchmal schon ein bisschen peinlich!"

„Na, auf jeden Fall ist das ein origineller Name!", erwidert Monas Frauchen und fragt dann schnell: „Waren Sie eigentlich schon öfters hier?"

„Ja, schon drei- oder viermal. Ich habe immer solche Sehnsucht nach dem Meer, und hier ist alles so unkompliziert. Wir haben ein kleines Häuschen für uns, Schröder kann ohne Probleme mit, und unserer Tochter gefällt es auch sehr gut. Sie hat sich sogar gestern zum ersten Mal ins Meer getraut!"

„Mama, guck mal!", ruft Friederike in diesem Moment und zeigt zaghafte Schaukelbewegungen. Brigitte winkt ihr zu und spornt sie an: „Ja, prima, Friederike! Ich komme gleich und stoße dich noch ein bisschen an, wenn du möchtest."

Monas Frauchen war Brigittes Blick gefolgt. Nun sagt sie hastig: „Gehen Sie ruhig zu Ihrer Tochter, ich muss sowieso weiter. Komm, Mona! Einen schönen Tag noch!"

„Auf Wiedersehen, und weiterhin schönen Urlaub!"

* * *

„Wo ist denn die Sonnenmilch geblieben? Ich weiß doch ganz genau, dass ich sie in die große Tasche gepackt habe! Friederike, hast du die Sonnenmilch gesehen?"

„Nein, Mama, aber der Papa hat sie schon ..."

„Da kann man ja lange suchen. Günther, kannst du bitte Friederike auch noch Sonnenmilch geben?"

„Ja, mach ich. Und nachher gehen wir auch wieder ins Wasser, nicht wahr, kleine Prinzessin?"

„Oh ja, Papa, und ich traue mich heute ganz allein bis zum Bauchnabel!"

„Okay, aber jetzt muss dein alter Vater erst noch ein bisschen ausruhen. Ich lese noch die Zeitung zu Ende und dann gehen wir, in Ordnung?"

„Ja, ist gut, Papa." Friederike stutzt, zögert und fragt dann misstrauisch: „Wie lange dauert das denn?"

Günther lächelt. „Eine Viertelstunde. Ich stelle mir den Wecker von meinem Handy, ja? Wenn er klingelt, dann gehen wir. Versprochen."

Damit ist Friederike zufrieden. Sie sitzt neben ihrem Handtuch im Sand. Der Wind spielt mit ihren glatten braunen Haaren. Friederike sitzt mit gegrätschten Beinen und schaufelt Sand auf ihre Füße. Als nur noch die Zehen zu sehen sind, beginnt sie leise zu kichern. Sie wackelt mit den Zehen, bis die dünne Sandschicht rissig wird und von ihren Beinen rieselt.

Dann beginnt sie ein bisschen heiser zu singen, ein lautes, fröhliches Lied, das anscheinend nach und nach in ihrem Kopf entsteht. Sie singt von Sonne, Wind, Sand und Meer, und schließlich von Schröder, der träge unter dem Sonnenschirm liegt.

Günther schaut von seiner Zeitung hoch, und grinsend flüstert Brigitte ihm zu: „Unsere kleine Prinzessin scheint ihren wohlverdienten Urlaub auch sehr zu genießen!"

Während sie singt, beginnt Friederike eine kleine Sandburg zwischen ihren Beinen zu bauen. Sorgfältig türmt sie den Sand auf, klopft ihn fest, trägt eine neue Schicht auf. Dann steht sie vorsichtig auf.

„Ich suche noch ein paar Steine und Muscheln zur Verzierung."

Schröder hält diese Ankündigung für eine Aufforderung, mitzusuchen. Er springt auf und rennt Friederike hinterher – quer durch die neu erbaute Sandburg.

„Nein! Nein, Schröder! Was hast du bloß angestellt!?! Du dummer, böser Hund!" Friederike ist fassungslos. Zornig wirft sie mit einer Handvoll Sand nach ihrem Hund.

Brigitte legt beruhigend den Arm um Friederikes Schulter.

„Er hat das nicht getan, um dich zu ärgern. Er hat die Sandburg einfach nicht gesehen. Komm, ich helfe dir, wir bauen die Burg zusammen wieder auf."

Friederike will etwas erwidern, doch in diesem Moment saust ein kleiner Hund heran, direkt auf Schröder zu.

„Das ist doch Mona! Woher kommt die denn plötzlich so ganz allein?"

Schröder und Mona jagen einander schon durch die Dünen, wobei Schröder mit seinen längeren Beinen eindeutig im Vorteil ist.

Dann taucht auch Monas Frauchen auf. Als sie die beiden spielenden Hunde entdeckt, atmet sie erleichtert auf.

„Eigentlich wollten wir mit dem Fahrrad auf dem Dünenweg entlangfahren, aber als ich Mona gerade in den Fahrradkorb heben wollte, ist sie abgehauen“, keucht sie.

„Das ist doch die Mona, mit der mein Schröder gestern schon spielen wollte. Jetzt hat sie ihn wieder gefunden!“, strahlt Friederike.

Monas Frauchen kann ihrem offenen Blick kaum standhalten.

„Ja, hier können die Hunde toben, wie sie möchten“, nickt Brigitte.

„Schröder ist mein eigener Hund, den habe ich zum Geburtstag gekriegt“, plaudert Friederike unbefangen. „Er ist schon sechs Jahre alt, und er ist ganz schlau. Wenn ich ihm einen Hundekuchen geben soll, dann setzt er sich hin und legt eine Pfote auf mein Knie. Ist deine Mona auch so schlau?“ Friederike lächelt Monas Frauchen an, ihre blaugrünen Augen leuchten.

„Ja, meine Mona ist auch schlau“, stammelt die fremde Frau.

In diesem Moment klingelt der Handy-Wecker – Papas Lesezeit ist vorüber.

„Komm, Prinzessin, es geht los!“

Günther und Friederike laufen zum Wasser und Brigitte sieht ihnen nach. Auch Monas Frauchen sieht den beiden Gestalten unsicher hinterher.

* * *

Der Himmel ist bedeckt, doch noch regnet es nicht. Brigitte streift mit Schröder durch die Dünen. Tief atmet sie die salzige Luft ein.

Wie gut das tut, einfach kilometerweit zu laufen. Wenn nur das Knie nicht ab und zu Probleme machen würde. Ob hinter der Biegung dort drüben vielleicht eine Bank steht, mit Blick zum Meer?

Das Meer ... das Meer, das so groß und weit ist. Da wimmelt es von großen und kleinen Tieren. Ist das nicht ein Psalm? Ja, diese Verse habe ich doch einmal auswendig gelernt, denkt Brigitte.

„... da wimmelt' s ohne Zahl, große und kleine Tiere. Dort ziehen Schiffe dahin; da sind große Fische, die du gemacht hast, damit zu spielen“, murmelt sie vor sich hin, während sie den einsamen Dünenweg entlang geht. *Welch ein wunderbarer Gott, der das scheinbar unendliche Meer mit einem Wort erschaffen hat!*

Erst knapp zehn Minuten später sieht sie die nächste Bank – doch da sitzt schon jemand, und ein Fahrrad steht davor. *Vielleicht setze ich mich einfach auf die Erde*, denkt Brigitte. *Hoffentlich komme ich dann gut wieder hoch ...*

Schröder entdeckt sie natürlich zuerst und stürmt auf Mona zu. Begeistert springen die beiden Hunde über den sandigen Weg.

„Schön, dass wir uns noch einmal treffen! Ich hatte sie von Weitem gar nicht erkannt. Darf ich mich zu Ihnen setzen?", ruft Brigitte freundlich.

„Natürlich, gern! Sind Sie heute allein unterwegs?"

„Ja, allein mit Schröder", erwidert Brigitte und setzt sich. „Mein Mann ist mit Friederike einkaufen gegangen, und nachher wollen die beiden zusammen kochen. Ich soll erst frühestens um sieben Uhr wieder da sein ..."

Monas Frauchen sieht stumm aufs Meer hinaus. Dann schaut sie auf ihre Füße, und sagt leise: „Darf ich Sie mal etwas fragen? Ist Friederike ... ich meine, hat Ihre Tochter ..." Verlegen presst sie die Lippen aufeinander.

Brigitte schaut die junge Frau freundlich an. Lächelnd sagt sie: „Ja, Friederike ist geistig behindert. Sie ist mit Downsyndrom zur Welt gekommen. Inzwischen ist sie 23 Jahre alt, aber ihr Verhalten und ihr Denken sind immer noch kindlich – und so wird es auch bleiben. Wenn es Sie interessiert, kann ich Ihnen gerne mehr davon erzählen." Brigitte schweigt und wartet ab.

Monas Frauchen sieht sie mit einem seltsamen Gesichtsausdruck an. Leise sagt sie: „Ja, erzählen Sie mir davon. Bitte."

Brigitte setzt sich bequem zurecht und schaut aufs Meer hinaus. Vor ihrem inneren Auge entstehen Bilder, Bilder aus der Vergangenheit. *Ist das wirklich schon über zwanzig Jahre her?*

„Friederike ist unser drittes Kind, ein Nachzügler. Als sie geboren wurde, war ich schon 39, und unsere beiden Söhne waren fünf und acht Jahre alt. Kurz nach der Geburt wurde uns eröffnet, dass unser Kind behindert sei – das war natürlich zuerst ein Schock. Wir hatten überhaupt nicht damit gerechnet. Zu Anfang konnte ich mir auch nichts darunter vorstellen – Downsyndrom, das war mir fremd. Früher sagte man: das Kind ist mongoloid.

Im Laufe der Zeit erst wurde uns klar, was das für Friederike und für uns als Familie bedeutete: Unsere Tochter ist anders als andere Kinder, ist ein besonderes Kind. Sie wird nie selbstständig leben können, sie ist geistig behindert. Außerdem hat Friederike einen Herzfehler. Sie durfte sich deshalb nie überanstrengen. Aber von Anfang an hat sie uns mit ihrer Fröhlichkeit und ihrem Charme alle um den Finger gewickelt, auch ihre Brüder. Sie hat tatsächlich eine ordentliche Portion Lebensfreude zusätzlich in unsere Familie gebracht.

In ihrer Entwicklung war sie natürlich sehr viel langsamer als andere Kinder; erst mit zweieinhalb Jahren fing sie an zu laufen und die ersten Worte zu sprechen. Aber dafür hat sie schon sehr früh gelacht und später auch gesungen, unsere kleine Prinzessin. Sie hat uns von Anfang an viel Freude gemacht."

„Das kann ich mir gar nicht vorstellen. Das klingt alles so positiv. Hatten Sie nicht auch große Sorgen? War das nicht eine riesige Belastung, so ein behindertes Kind?"

Brigitte kann den Gesichtsausdruck der jungen Frau nicht deuten: Ist es Mitgefühl, Schmerz, ist es vielleicht sogar verhaltene Aggressivität?

„Ja, natürlich haben wir uns auch Sorgen gemacht. Das alles war so fremd für uns. Eine Gewissheit hatten wir allerdings schon zu Beginn, schon während der Schwangerschaft, als wir noch von nichts wussten: Gott liebt unsere Friederike, so wie sie ist. Sie selbst und auch wir als Familie waren von Anfang an in seiner Hand geborgen. Natürlich war der Umgang mit Friederike manchmal ganz anders als mit anderen Kindern. Aber eine große Belastung war es eigentlich nicht, wenn man von der Tatsache absieht, dass Friederike auf Dauer wie ein Kind bleiben wird."

„Sie könnten sie doch in ein Heim geben."

„Ja, das könnten wir", erwidert Brigitte langsam. „Aber solange wir selbst für sie sorgen können, möchten wir das gar nicht, denn das Leben mit ihr ist auch für uns ein erfülltes Leben. Vielleicht, wenn wir selbst zu alt oder krank für diese Aufgabe werden – wir haben schon seit längerer Zeit Kontakt zu einer schönen Wohnanlage für Menschen wie Friederike. Dort könnte sie unterkommen, und dort wohnen auch einige ihrer Arbeitskollegen."

„Friederike geht arbeiten?", fragt Monas Frauchen verblüfft.

„Ja. Ihr Lebenslauf ist in fast jeder Hinsicht ganz durchschnittlich. Sie war zuerst im Kindergarten – kurz vor ihrem fünften Geburtstag ging es los. Das hat Friederike sehr genossen, denn sie ging immer schon sehr offen auf andere Menschen zu.

Später kam sie dann in die Schule, eine Förderschule. Dort hat sie im Laufe der Zeit auch die Grundlagen von Lesen und Schreiben gelernt, sogar ein bisschen Rechnen.

Mit dem Ende der Schulpflicht bekam Friederike dann einen Platz in einer großen Werkstatt für Behinderte. Sie hat verschiedene Arbeitsplätze ausprobieren dürfen, und schließlich hat sie sich für die Arbeit in der Küche entschieden. Sie arbeitet jeden Tag von halb zehn bis halb vier – und sie fährt inzwischen auch allein mit dem Bus zur Arbeit."

Brigitte schweigt und schaut die junge Frau von der Seite an, wie sie aufs Meer hinaus starrt. Ihre Augen stehen voller Tränen. Sie wischt sie mit dem Handrücken weg, doch immer mehr Tränen steigen auf, rinnen langsam über ihre Wangen. Brigitte legt ihr behutsam eine Hand auf den Arm. Und plötzlich beginnt die Fremde leise zu erzählen, nach und nach bricht alles aus ihr heraus –

* * *

Voller Spannung blickten Carina und Jörg auf das Teststäbchen. Langsam erschien das Pluszeichen in dem dafür vorgesehenen Feld.

„Es hat geklappt! Du bist schwanger!", wisperte Jörg. „Es hat endlich geklappt!"

Carina wurde ganz schwindlig vor Freude. Endlich, endlich würden sie ein Baby haben!

Die ersten Arztbesuche – die ersten Herztöne des Babys – die erste Ultraschalluntersuchung: alles war aufregend und faszinierend.

„Wenn es ein Mädchen ist, dann soll es Ramona heißen!"

Schließlich, in der 21. Schwangerschaftswoche, der große Organultraschall. Ja, es ist ein Mädchen! Aber – irgendetwas stimmte da nicht. Die Ärztin reagierte sehr zurückhaltend, untersuchte noch einmal und schließlich ein drittes Mal.

„Was ist denn los? Ist irgendetwas mit unserem Kind nicht in Ordnung?"

„Das weiß ich noch nicht", sagte die Ärztin vorsichtig. „Wir müssen noch mehr Untersuchungen machen."

Noch mehr Ultraschall, schließlich eine Fruchtwasseruntersuchung. Carina und Jörg hofften, warteten und hofften. Erst nach acht Tagen stand das Ergebnis fest.

„Ihr Kind hat Trisomie 21, eine Chromosomenanomalie", erklärte die Ärztin. „Man nennt diese Anomalie auch Downsyndrom. Der Fetus ist geistig behindert und wird nie normal leben können. Wahrscheinlich hat der Fetus auch weitere organische Störungen; das können wir allerdings jetzt noch nicht absehen."

Die Ärztin redete weiter und immer weiter, aber Carina nahm nichts mehr auf. Sie war in sich zusammengesunken und hatte die Hand auf den sanft gerundeten Bauch gelegt. Seit einigen Tagen spürte sie ihre kleine Ramona schon, wenn auch noch undeutlich, zart wie ein kleiner Schmetterling. Jörg saß neben ihr wie versteinert.

Irgendwann waren sie wieder nach Hause gekommen. Carina weinte unaufhörlich, Jörg war immer noch wie erstarrt.

„Was kann man denn da machen?", hatte Jörg die Ärztin nach der niederschmetternden Diagnose kraftlos gefragt.

„Tja, ... aus ärztlicher Sicht kann man da nicht viel machen. Sie müssen selbst entscheiden, ob unter diesen Umständen eine Beendigung der Schwangerschaft nicht sinnvoll wäre. Melden Sie sich morgen bei mir, dann können wir über alle notwendigen Schritte sprechen."

Als Carina und Jörg am nächsten Tag zum Beratungsgespräch kamen, sprach die Ärztin von den möglichen Ausmaßen der Schädigung: Neben der sicheren geistigen Behinderung war die Rede von Herzproblemen, Störungen der Sehfähigkeit und des Gehörs, Anfälligkeit für Infekte und vieles andere mehr.

Das junge Paar, das Vater und Mutter werden wollte, wurde überrollt von medizinischen Komplikationen aller Art. Aber es gab auch einen Trost: „Die Wahrscheinlichkeit, dass bei der nächsten Schwangerschaft noch einmal eine solche Behinderung auftritt, ist sehr gering."

Was blieb ihnen anderes übrig? Auch weitere Ärzte und die Frauen in der unabhängigen Beratungsstelle, mit denen sie sprachen, waren sich ihrer Meinung sehr gewiss. Alle Experten waren sich anscheinend einig: Es sei besser, diese Schwangerschaft zu beenden; das sei zwar ein schwerer Schritt, doch der sinnvollste zum Wohl aller Beteiligten. Wollten sie ihrem Kind wirklich das Leben mit einer schweren Behinderung zumuten? Und würden sie selbst das überhaupt verkraften können?

Carina und Jörg sprachen nicht mehr viel miteinander, jeder war begraben in seinem eigenen Schmerz.

Der Eingriff selbst war ein schreckliches Trauma. Zuerst wurde das Kind im Mutterleib getötet, dann eine „normale" Geburt eingeleitet. Carina fühlte sich schrecklich ausgeliefert.

Als die kleine Ramona geboren war, schlaff und reglos und unendlich zerbrechlich, erforderte es die größte Anstrengung für die jungen Eltern, ihr totes Kind einfach anzuschauen. Ärzte und Hebammen ließen sie eine Weile allein.

„Sie ist so winzig", hauchte Carina.

„Sie ist so schön", schluchzte Jörg.

Die Beerdigung war der letzte Kraftakt für Carina und Jörg. Sie hatten geglaubt und gehofft, damit sei alles vorbei –

* * *

Brigitte fühlt sich völlig leer vor Betroffenheit. In ihren Augen brennen Tränen. *Friederike*, schreit Brigitte in ihrem Inneren, *wo bist du, Friederike, ich muss dich schützen, ich muss dich in meinen Armen spüren ... – Nein*, sagt der Verstand, *Friederike geht es gut, keine Gefahr, keine Gefahr, kein Tod. Friederike darf leben.*

Aufgewühlt legt Brigitte vorsichtig den Arm um die Schulter der weinenden Frau.

Carina lässt es geschehen, dass Brigitte sie hält und lässt ihren Tränen und ihrer Trauer freien Lauf. Nach und nach beruhigt sie sich, richtet sich auf.

Mona und Schröder liegen hechelnd vor der Bank. Mechanisch beugt Carina sich vor und krault das weiße Fell ihrer Hündin. Dann hebt sie das warme weiche Fellknäuel auf ihren Schoß, wiegt den Hund in ihren Armen.

„Ach, Mona. Gut, dass ich wenigstens dich habe ..."

Sie kaut an ihrer Unterlippe und sagt dann leise: „Danach hat es nicht mehr geklappt. Ich bin nicht wieder schwanger geworden. Jörg hat sich auch verändert, er ist so verschlossen. Ich weiß, dass er immer noch leidet, aber er lenkt sich ab. Er hat vor drei Jahren, kurz nach ... kurz nach ihrem Tod angefangen regelmäßig zu surfen. – Deshalb sind wir auch jetzt hier, er wollte mal im Meer surfen. Aber ich kann das nicht – es liegt mir nicht, es interessiert mich nicht. Na ja, dafür habe ich meine Mona, nicht wahr, mein Mädchen?"

„Ich möchte Ihnen so gern helfen."

Carina versucht zu lächeln. „Ich habe bisher noch nie mit jemandem darüber sprechen können. Nicht mit Jörg – auch meine Eltern haben meine Qualen nicht verstanden. Alle haben nur immer gemeint, dass es so am Besten war. Aber es war nicht das Beste – es war das Schlimmste, das man sich vorstellen kann. Noch immer bin ich innerlich ganz wund. Es vergeht kein Tag, an dem ich nicht an meine Tochter denke. Oft stelle ich mir vor, wie sie ... wie Ramona jetzt wohl wäre. Wenn sie nicht ... wenn sie nicht gestorben wäre, dann wäre sie jetzt dreieinhalb Jahre alt."

Ein Schauder läuft über ihren Rücken.

„Und ich hätte es verhindern können ... Aber ich konnte nicht, ich hatte keine Kraft. Mit diesen Gedanken muss ich ganz allein fertig werden. Da kann mir gar keiner helfen."

Mein Gott, betet Brigitte stumm, *mein Gott, hilf ihr, tröste diese Frau! Das musst du tun, mein Gott, ich kann es nicht – ich muss immerzu an das tote, kalte Kind denken, und an meine Friederike. Mein Gott, gib du mir einen Trost für Carina! Trost und Vergebung ...*

Eine Weile schauen die beiden Frauen aufs Meer hinaus. Dichte graue Wolken, vom Wind getrieben, bewegen sich rasch ostwärts. Der Wind streift Brigittes Gesicht und trocknet die Tränenspur.

„Für mich war es immer ein großer Trost zu wissen, dass Gott mich mit seiner Liebe umfängt. Kennen Sie die Stelle aus der Bibel, die vom guten Hirten spricht?"

Carina schüttelt still den Kopf. „Nein, ich bin nicht besonders religiös. Aber erzählen Sie mir davon."

„Jesus hat oft mit Worten Bilder gemalt, und einmal hat er gesagt: Ich bin der gute Hirte. Er hat das Vertrauensverhältnis geschildert, das die Schafe zu ihrem Hirten haben: Die Schafe hören und erkennen seine Stimme, und auch der Hirte kennt jedes einzelne Schaf und ruft es bei seinem Namen. Er sorgt für seine Schafe, und er beschützt sie. Der Hirte setzt sogar sein Leben für seine Schafe ein. Für mich ist es ein tröstlicher Gedanke, dass Jesus auch mich kennt und manchmal wie ein verletztes kleines Schaf in seinen Armen trägt."

„Wirklich, ein schöner Gedanke", sagt Carina verwundert und schaut Brigitte an. „Darin schwingt soviel Geborgenheit und Verständnis und Liebe. Wenn –" Die junge Frau seufzt und krault Mona wieder gedankenverloren am Hals. „Wenn es Gott wirklich gibt und er tatsächlich so ist ..."

Carina hebt den Blick in den Wind. Weit hinten über dem Meer bricht der Wind die Wolken auf, und ein kleines Stückchen blauer Himmel ist zu sehen.

Julia und ihr Romeo

„Papa, spielst du gleich mit mir Fußball?", fragte Paul erwartungsvoll.

„Ja, sobald ich meinen Kaffee ausgetrunken habe", erwiderte Roland lachend.

„Dann trink schnell, Papa!", meinte Paul. „Ich hol schon den Fußball."

Es klapperte an der Haustür. „Das wird der Briefträger sein. Ich geh schon", rief Julia. Bald darauf kam sie mit der Zeitung und einem Brief in die Küche.

„Sieh mal, Roland, ein Brief von Michael Peters, der war doch bei uns in der Klasse, oder?" Neugierig öffnete sie den Brief: „Einladung zum Klassentreffen! Das ist mal eine gute Idee!"

Paul kam mit dem Fußball in die Küche. „Papa, kommst du endlich? Ich warte schon die ganze Zeit!"

Roland warf noch einen Blick auf die Einladung.

„Wir können später noch darüber reden. Geht ihr Männer mal erst Fußball spielen", nickte Julia. „Wir kommen auch in ein paar Minuten zum Spielplatz." Sie hob Anna aus dem Hochstuhl.

„Gut gemacht, mein Junge", lobte Roland seinen eifrigen Sohn und streichelte anerkennend Pauls verschwitzten Lockenkopf. „Du hast ja schon wieder eine Beule am Kopf", bemerkte er dann. „Was hast du denn da angestellt?"

„Da hat mir gestern im Kindergarten der Janni draufgehauen. Tut aber nicht mehr weh", berichtete Paul.

„Und was hast du dann gemacht?", erkundigte sich Roland.

„Zuerst habe ich ein bisschen geweint, aber dann habe ich weiter mit Lena und Björn und Frau Schneider Schneckenrennen gespielt."

„Hast du dich denn gar nicht gewehrt, als der Janni dich gehauen hat?", fragte Roland weiter. „Du bist doch schon groß und stark."

Paul sah seinen Papa mit großen Augen an. „Nein, Papa, die Mama und die Frau ... die Stefanie aus der Sonntagsschule haben gesagt, dass Jesus mich beschützt und sich auch darum kümmert, wenn mir einer wehtun will. Da brauche ich nicht selber zurückhauen."

Missmutig blickte Roland zu Julia hin, die mit Anna auf der Schaukel saß. Er wollte das nicht vor den Kindern diskutieren, aber so konnte es nicht weitergehen. Immer und immer wieder hörte er: „Aber Mama hat gesagt, Jesus möchte ..."

Wenn Julia meinte, sie müsste jetzt unbedingt diesen Religionstick durchziehen, dann sollte sie das ja tun, aber sie musste unter allen Umständen die Familie da raushalten. *So kann man Kinder heutzutage nicht erziehen!*

Das sagte er am Abend auch eine Spur zu laut zu Julia, als die Kinder im Bett waren. Julia sah ihn traurig an.

„Willst du nicht wenigstens antworten?", knurrte Roland ärgerlich.

Aber Julia schüttelte den Kopf. *Nein, keinen Streit. Beherrsch dich, Julia. Bleib ganz ruhig, sachlich.*

„Wir haben schon oft darüber gesprochen, und ich habe dir erklärt, dass ich mich bekehrt habe und dass ich jetzt so leben will, wie Jesus es möchte. Ich bete für dich, dass du das verstehen kannst. Mehr kann ich nicht dazu sagen."

Eine beklemmende Stille legte sich auf das einstige „Traumpaar".

Nach einer Weile fragte Julia: „Wo ist eigentlich die Einladung zum Klassentreffen geblieben?"

„Liegt in der Küche", brummte Roland. Diese Reibereien nahmen ihn sehr mit. Was war nur aus ihrer Liebe geworden?

Julia setzte sich mit dem Brief neben Roland aufs Sofa. Stichwortartig las sie vor: „Treffen im Alten Pfannkuchenhaus, Samstag, 16. September ab 19 Uhr. Folgende Lehrer haben schon zugesagt ..." Dann ließ sie plötzlich den Brief sinken.

Roland bemerkte, wie sie kurz die Augen schloss. „Was ist los?", erkundigte er sich und versuchte, einen freundlichen Ton anzuschlagen.

„Ach, weißt du, mir ist nur gerade eingefallen, dass an genau diesem Wochenende doch die Gemeindefreizeit geplant ist." Julias Stimme war leise und zaghaft.

Roland spürte, wie die Wut wieder in ihm hochstieg. „Ach ja, und dann ist natürlich deine blöde Gemeinde wieder viel wichtiger als alles, was uns beide angehen könnte. Das ist ja mal wieder typisch. Aber eines sag ich dir: Ich bin es leid. Ich bin es einfach leid." Er sprang auf und stapfte wie ein wütender Stier zur Tür. Dann drehte er sich noch einmal zu Julia um. „Ich spiele doch hier schon längst keine Rolle mehr. Du willst ja bloß immer alles, was dein Jesus will und alles, was deine Bibel sagt, und dass ich auch noch da bin, das interessiert dich wohl gar nicht mehr, und …"

Roland redete immer weiter, laut und vorwurfsvoll, er konnte einfach nicht mehr aufhören. Er wusste, dass er Julia verletzte. Er sah, wie die Tränen über ihr Gesicht liefen. Wie sie mühsam um Haltung rang, wie sie das Gesicht in den Händen vergrub. Schließlich ging Roland, knallte die Tür hinter sich zu und lief die Treppe hinauf. Eine weitere Tür knallte, dann war Ruhe.

Julia blickte nicht auf. Zitternd und verzweifelt saß sie auf dem Sofa. „Mein Gott", flüsterte sie, „mein Jesus, hilf mir doch. So kann das doch nicht weitergehen, das halte ich nicht aus, hilf mir doch."

„So kann das doch nicht weitergehen", grollte auch Roland in seinem Arbeitszimmer und starrte das Bild auf seinem Schreibtisch an. Roland und Julia, strahlend vor Glück, ein Brautpaar wie aus dem Bilderbuch.

Damals, als Julia noch normal war, dachte Roland bitter. *Bevor sie auf diesem Jesus-Trip war. Als sie noch meine Traumfrau war. Was, zum Donnerwetter, ist bloß mit ihr passiert?! Bis vor einem Jahr war doch alles in Ordnung!*

Roland setzte sich und stützte den Kopf in die Hände. Die Wut war gewichen, doch die Verzweiflung blieb. „Ich will meine Frau wiederhaben", murmelte er vor sich hin. „Ich will doch nur meine Julia wiederhaben."

* * *

Romeo und Julia – so waren sie in der Schule von Anfang an genannt worden. Sie waren in der gleichen Stufe gewesen und im letzten Jahr vor dem Schulabschluss hatte es während der Klassenfahrt in Paris heftig gefunkt zwischen den beiden.

Romeo und Julia – wie passend! Nicht nur ihre Vornamen, auch der Widerstand ihrer Eltern ähnelten der uralten Geschichte, die Shakespeare in seinem berühmten Drama verarbeitet hatte. Julias Eltern waren dagegen, weil Rolands Eltern in ihren Augen so fürchterlich vornehme Leute mit einem gediegenen Reihenhaus waren, die keine „richtige" Arbeit kannten und offensichtlich die falsche Partei wählten. Und Rolands Eltern waren dagegen, weil sie meinten, ihr Sohn habe „etwas Besseres" verdient.

Roland und Julia war die Meinung ihrer Eltern gleichgültig gewesen. Politik und Äußerlichkeiten interessierten sie nicht. Nur ihre Liebe zählte – und sie hielt länger, als die Eltern erwartet hatten. Als Roland fast mit seinem Referendariat als Lehrer fertig war und Paul sich ankündigte, heirateten sie.

Und sie waren immer glücklich gewesen – oder etwa nicht? Sicher, manchmal gab es da schon Unterschiede in der Weltanschauung, das Elternhaus hatte beide schließlich auch geprägt. Aber bei den meisten Fragen waren sie sich immer einig gewesen und Religion hatte für sie nie eine Rolle gespielt, bis ... ja, bis Julia im letzten Herbst einmal von einer Nachbarin zu einem Frauenfrühstück eingeladen worden war. Sie kam wieder und war völlig verändert, faselte dauernd etwas von Jesus und Bibel und Gemeinde, von Sünde und Vergebung, lauter religiöser Mist. Wenn er nur daran dachte, fühlte Roland den hilflosen Zorn wieder hochsteigen.

Julia hatte sich damals eine Bibel gekauft und in jeder freien Minute darin gelesen. Roland fühlte sich ausgegrenzt und nicht beachtet. Zwar versuchte Julia immer wieder, ihre neuen Erkenntnisse mit ihm zu teilen, doch Roland schaltete auf stur. *Religion? Nein, danke.*

Irgendwann hatte sie, wie es ihm vorkam, feierlich erklärt, sie habe sich bekehrt und gehöre zu Jesus.

„Und was ist mit mir?", hatte er nur gefragt. „Gehörst du nicht mehr zu mir?"

„Mit uns hat das gar nichts zu tun", hatte Julia ihm versichert.

Doch da hatte sie sich gewaltig geirrt.

* * *

Zwei Wochen nach dem Streit um das Klassentreffen saß Roland nach dem Abendessen an seinem Schreibtisch und versuchte, sich auf die Unterrichtsvorbereitung zu konzentrieren.

Nebenan badete Julia die Kinder; sie kreischten und quietschten und setzten vermutlich das gesamte Badezimmer unter Wasser. Roland hörte seine Frau mit den Kindern singen, ein einfaches Lied von Fischlein und Wasser. Paul sang lauthals mit und klatschte dabei begeistert aufs Wasser, und auch Anna krähte vor Vergnügen.

Das muss man ihr lassen, dachte Roland, *Julia geht wirklich gut mit den Kindern um. Seit sie mit diesem Jesus angefangen hat, schreit sie die Kinder gar nicht mehr an, dabei sind sie manchmal wirklich unausstehlich. Und sogar zu mir ist sie nach wie vor einfach lieb, auch wenn ich manchmal scheußliche Dinge zu ihr sage. Sie lässt sich kaum anmerken, wie sehr auch sie unter der ganzen Sache leidet. Aber ist sie schließlich nicht auch selbst schuld daran? Nein, nicht schon wieder daran denken. Ich muss arbeiten.*

Nach einer Weile bemerkte Roland, dass es still geworden war. Die Kinder waren wohl schon im Bett. Roland gähnte und streckte sich. Aber er war noch nicht fertig, ein Arbeitsblatt für seinen neuen Biokurs in der Oberstufe musste er unbedingt heute noch entwerfen. *Also los.*

Leise kam Julia in sein Arbeitszimmer und stellte ihm eine Tasse Tee neben den Computer. „Zucker ist schon drin", sagte sie und begann vorsichtig, seinen verspannten Nacken zu massieren.

„Danke", seufzte Roland, „das tut gut".

Wenn es doch nur immer so wäre, dachte er. *Ruhig, friedlich, harmonisch.*

„Welches Thema ist denn in diesem Halbjahr dran?", fragte Julia.

„Evolution", antwortete Roland knapp und wühlte in seinen Studienunterlagen nach einer bestimmten Grafik, die er verwenden wollte.

Julias Hände in seinem Nacken stockten kurz, dann massierten sie weiter.

„Da habe ich gestern ein interessantes Buch gesehen, das habe ich dir vom Büchertisch aus der Gemeinde gleich mitgebracht. Ist ja schließlich dein Fach", bemerkte Julia scheinbar leichthin. „Soll ich es dir holen?"

„Ja, meinetwegen, aber jetzt muss ich erst noch dieses Arbeitsblatt zu Ende bringen."

* * *

Schon am nächsten Tag platzte die dünne Haut eines zerbrechlichen Friedens zwischen Julia und Roland wieder auf.

„Das ist ja wohl nicht dein Ernst! Das alles mit deinem Jesus, das kannst du ja halten, wie du willst, aber das geht wirklich zu weit!" Energisch knallte Roland das Buch mit dem Titel *Schöpfungslehre oder Evolutionstheorie?* vor Julia auf den Tisch. „Du hast doch wohl nicht erwartet, dass ich so eine Propaganda lese?"

Julia schaute auf. „Schau doch wenigstens einmal rein", bat sie. „Die Verfasser sind selbst Biologen, einer ist sogar Professor und hat einen Lehrstuhl an der Uni in München. Sie setzen sich wissenschaftlich mit dem Thema auseinander und –"

„Ach, Unsinn!", knurrte Roland unwirsch und schnitt ihr das Wort ab. Dann ging er wortlos aus dem Zimmer.

„Mama, ist Papa wütend auf uns?", fragte Paul verunsichert.

* * *

„Hast du dich eigentlich schon bei Michael Peters gemeldet? Wir sollten doch bis gestern Bescheid sagen, ob wir zum Klassentreffen kommen", fragte Julia ein paar Tage später.

„Ach ja, das Klassentreffen. Also weißt du, eigentlich habe ich im Grunde gar keine Lust mehr, die Leute alle wiederzusehen. Ist doch schon so lange her. Und überhaupt –"

Überhaupt: das ist Rolands Wut auf Julia und ihre Spinnereien. Überhaupt: das ist Rolands Angst, was die anderen sagen könnten. Dass sie etwas merken könnten. Dass das Traumpaar kein Traumpaar mehr ist. *Romeo, wo ist denn deine Julia?*

Roland sah Julia in die Augen. „Wenn du willst, dann fahr mit den Kindern zu dieser Gemeindefreizeit. Ist schon okay, ich habe wirklich nichts dagegen."

Julia lächelte vorsichtig und gab Roland einen Kuss.

* * *

Roland kam sich sehr selbstlos und heldenhaft vor, als er Julia und die Kinder am späten Freitagnachmittag im Freizeitheim abgeliefert hatte. *Immerhin habe ich sie auch noch da hingefahren*, dachte er. *Das ist doch eigentlich mehr, als sie erwarten kann, oder?*

Missmutig blickte er in den Nieselregen hinaus und machte den Scheibenwischer an. Selbstmitleid machte sich breit. *Und was mache ich jetzt das ganze Wochenende?*, grübelte Roland. – *Du hättest ja auch mitfahren können*, flüsterte eine kleine Stimme in seinem Kopf. *Sie haben es dir alle immer wieder angeboten. Aber du wolltest ja nicht. – Ach, so ein Quatsch!*, dachte Roland und schüttelte den Kopf.

Kurz darauf saß er allein in der Küche und aß die Pizza, die er sich unterwegs gekauft hatte, gleich aus der Pappschachtel.

Viele Gedanken gingen Roland durch den Kopf, doch an einem blieb er hängen: *Neulich hat mir doch eine Kollegin von virtuellen Welten aus dem Internet erzählt, in die so viele Menschen eintauchen. Allein aus pädagogischen Gründen sollte ich mir das einmal ansehen …*

Mitternacht war schon vorbei, und Roland saß noch immer am Computer. Er hatte die virtuellen Welten gefunden und nun beschäftigte er sich schon seit Stunden intensiv mit dem Gedanken, wie sein „Second Life" aussehen könnte; ein zweites Leben, das exakt nach seinen individuellen Vorstellungen ablief.

Die vielen Möglichkeiten, sich ein eigenes ideales Lebensumfeld zu schaffen, hatten ihn wider Erwarten fasziniert. Zunächst nur aus Jux, dann immer ernsthafter schuf er sich ein eigenes kleines Universum, eine Welt, wie sie seiner Meinung nach sein sollte. Alles konnte er selbst bestimmen: Größe, Augenfarbe, Figur seiner „Menschen" – und natürlich auch Charaktereigenschaften. Langsam baute er ein Traumpaar zusammen und setzte es in eine Traumwelt ohne Konflikte, in reiner Harmonie.

Alles, was mit Religion zu tun hat, ist völlig ausgeblendet, bemerkte Roland zufrieden. *Dann gibt es auch keinen Streit. So sollte es doch immer sein*, dachte er wehmütig. *Warum ist Julia nur ausgebrochen?*

Als er endlich ins Bett kam, schlief er unruhig. Die Diskrepanz zwischen der vollkommenen Harmonie seiner virtuellen Welt und den Reibereien im wirklichen Leben beschworen merkwürdige Bilder in seiner Seele herauf, seltsame Träume ...

Roland wachte auf und das Haus war ungewohnt still. Draußen schien wieder die Sonne. *Heute sollte ich mich mit sinnvolleren Sachen beschäftigen*, dachte er.

Am Nachmittag hatte er die meisten der Dinge erledigt, die er sich schon lange vorgenommen hatte. Er machte sich einen Kaffee und setzte sich mit ein paar Keksen ins Wohnzimmer.

Vielleicht sollte ich doch nachher noch zum Klassentreffen gehen? Aber ohne Julia … Nein! Ohne Julia gefällt mir mein Leben nicht!

Auf dem Tisch lag noch immer dieses komische Buch. Schöpfung und Evolution, als ob man das einfach so gegeneinander ausspielen könne. Im Studium hatte er sich ausführlich mit dem Thema Evolution befasst, da kannte Roland sich aus.

Eigentlich müsste es doch ganz einfach sein, diese sogenannten Experten, die das Buch verfasst haben, gedanklich auseinanderzunehmen, dachte Roland. Er nahm noch einen Schluck Kaffee und griff nach dem Buch.

* * *

„Nach diesem Mittagessen ist unsere Freizeit nun offiziell beendet", kündigte Patrick nach dem Schlussgebet am Sonntag an. „Wir wünschen allen eine gesunde Heimkehr und einen gesegneten Sonntagabend!"

Ein quirliges Durcheinander erfüllte den Speisesaal.

„Hast du es eilig, Julia?", fragte Elisabeth, während ihre fünfjährige Tochter an ihrer Hand zerrte. „Wir wollen das schöne Wetter nutzen und mit den Kindern noch eine Stunde auf den Spielplatz gehen. Kommst du mit?"

„Ja, gern. Roland wird uns wohl nicht vor halb drei abholen."

Auf dem riesigen Spielplatz hinter dem Freizeitheim tummelten sich etliche Kinder. Ein paar von den Jugendlichen hatten noch spontan ein paar Wettspiele für die Größeren organisiert, und „Tante Nelly", eine kinderbegeisterte ältere Frau aus der Gemeinde, sang mit einigen ihrer kleinen Schätze alte Kinderlieder.

Als Roland vom Parkplatz zur Rezeption ging, um Julia ausfindig zu machen, kam ihm Patrick mit einer großen Tasche und einem Kinder-Reisebett entgegen.

„Hallo!", rief er gut gelaunt. „Unglaublich, was man für zwei Tage alles mitschleppt, wenn man mit den Kindern unterwegs ist!"

Roland lachte. „Ja, man hat immer den Eindruck, man zieht um."

„Die meisten sind mit den Kindern noch auf dem Spielplatz, Julia auch", sagte Patrick. „Nur ich muss mal wieder schuften! Aber Spaß beiseite: Trinken Sie noch eine Tasse Kaffee mit mir? In der Cafeteria an der Rezeption ist es gerade ziemlich ruhig und das war meine letzte Fuhre." Schwungvoll landete Patricks Tasche im Auto.

Patrick war ein netter Kerl. Roland kannte ihn schon von einigen Gelegenheiten. Er war freundlich und unaufdringlich, sprach aber immer genauso selbstverständlich von Jesus wie Julia neuerdings auch. Patrick hatte eine große Familie, vier oder fünf Kinder, und er und seine Frau hatten immer ein offenes Haus.

Sie setzten sich mit ihrem Kaffee auf die Terrasse und sprachen über alltägliche und unverfängliche Themen. Das Wetter. Die Kinder. Die Arbeit.

„Biologie? Ein interessantes Fach. Überhaupt: Naturwissenschaften haben mich schon immer fasziniert. Ich arbeite als Chemieingenieur, wissen Sie. Ich finde es wirklich atemberaubend, wo man überall in der Schöpfung die Hand Gottes erkennen kann, finden Sie nicht auch?"

Roland dachte an das Buch, das er am Tag zuvor schließlich gar nicht mehr aus der Hand hatte legen können, und Fragen, Einwände und Zweifel stürmten auf Patrick los.

Gelassen und sachkundig stellte er sich der fachlichen Diskussion.

Eine gute Stunde später bog Julia mit den Kindern um die Hausecke, erhitzt vom Toben auf dem Spielplatz. Sie war verblüfft: Roland schien in ein ernstes Gespräch mit Patrick vertieft zu sein. Als sie näher herankam, traute sie ihren Ohren nicht.

„Probieren Sie es doch einfach mal eine Weile aus, sagen wir vier Wochen lang. Testen Sie die Bibel und suchen Sie selbst nach Antworten. Ich kann Ihnen ein paar Stellen nennen, die Sie bestimmt interessieren werden. Lesen Sie einfach vorurteilsfrei und beobachten Sie, was dabei herauskommt.

Nach dieser Probezeit können Sie sich wirklich ein eigenes Bild davon machen, wer Gott ist – und wie er die Menschen sieht. Sie erfahren, wer Jesus ist – und welche Rolle er in der Weltgeschichte spielt.

Und auch die Sache mit der Schöpfung können Sie ausführlich in der Bibel erforschen. Wir treffen uns dann einfach ein paar Mal, und Sie können mir alles ins Gesicht schleudern, was Sie nur wollen. Also: Wie sieht es aus? Vier Wochen?"

Patrick streckte seine Hand aus.

Roland sah ihm in die Augen und schlug zögernd ein.

Tante Millis Geheimnis

Mit einem zufriedenen Lächeln thronte Tante Milli inmitten einer duftenden Pracht von Blumensträußen und Topfpflanzen. Vor ihr auf dem niedrigen Sofatisch lagen außerdem noch zwei Schachteln Pralinen und einige andere, mittlerweile ausgepackte Geschenke. Eine große goldene „90" hing über der Eingangstür zu ihrer kleinen Wohnung. „Ein stolzes Alter" – das hatten einige Gratulanten gestern gesagt.

Ja, und Tante Milli war in der Tat stolz darauf, dass sie die Neunzig erreicht hatte, und das auch noch bei einigermaßen guter Gesundheit und klarem Verstand. Die Geburtstagsfeier hatte sie mit Freude und Genugtuung erfüllt: So viele Menschen waren gekommen, nur um ihr, Frau Emilie Oberdorf, zu ihrem 90. Geburtstag zu gratulieren.

Tante Milli war eine sanfte und freundliche alte Dame; von allen ihren Verwandten und Bekannten wurde ihr gelassenes und liebenswertes Wesen sehr geschätzt. Zu diesem besonderen Ehrentag waren einige sogar von weit her angereist.

Doch auch die örtliche Prominenz fehlte nicht. Vor allem der Besuch des Bürgermeisters hatte Tante Milli gefallen. Er kam sogar in Begleitung eines Pressefotografen, denn ein 90. Geburtstag gehöre in die Zeitung, hatte der Bürgermeister gesagt, bevor er sich mit Tante Milli fotografieren ließ.

Der Pastor war natürlich auch gekommen und hatte im Namen der Gemeinde ein Geschenk überreicht: Einen gerahmten Kunstdruck, „Mose und die Gesetzestafeln" von Rembrandt. Tante Milli wusste noch nicht, wo sie das Bild hinhängen wollte.

Nun ruhte sie sich zunächst einmal von der großen Anstrengung des Festes aus und begutachtete alle ihre Geschenke. Sieben Blumensträuße und zwei Topfpflanzen zählte sie.

Die zwei schönsten Sträuße behalte ich, aber die anderen kriegen die Mädchen. Und die vielen Pralinen auch. Die „Mädchen" – so nannte Tante Milli das Personal, von Pflegekraft bis Putzfrau. *Und die Topfpflanzen kommen in den Speiseraum*, überlegte Tante Milli, *da ist Platz genug.*

Mittlerweile wohnte Tante Milli schon seit fast neun Jahren in ihrem eigenen kleinen Appartement im „Altenzentrum auf dem Sonnenhügel". Es gefiel ihr ausgezeichnet – ruhig gelegen inmitten von Feldern und Wiesen, aber ausgestattet mit allem, was sie zum Leben brauchte. Arzt, Friseur und Lebensmittelhändler kamen regelmäßig zum Sonnenhügel. Putzdienst und Wäscheservice waren in der Miete mit inbegriffen, und wenn ihr danach war, konnte sie alle Mahlzeiten im Speisesaal einnehmen. Ansonsten hatte sie ihre Ruhe und war so selbstständig, wie sie es wollte.

Ein beachtlicher Stapel Glückwunschkarten wurde von Geschenkpapierresten fast verdeckt. Tante Milli suchte ihre Brille und las zum dritten Mal wohlig seufzend die vielen schmeichelhaften Worte und guten Wünsche.

Die unterste Karte war schlicht, nicht kitschig, sondern sehr geschmackvoll. Sie betrachtete die Segenswünsche, unterzeichnet „im Namen der ganzen Gemeinde von Ihrem Pastor Johann Vogel". *Ein netter Mensch*, dachte sie. *Bei Gelegenheit werde ich sonntags einen seiner Gottesdienste besuchen.*

Tante Milli nahm noch einmal das Bild zur Hand, das der Pastor ihr geschenkt hatte. Eine kleine Broschüre klebte auf der Rückseite: „Rembrandt und die Zehn Gebote". Tante Milli löste den Klebestreifen sorgfältig ab und blätterte das Heft durch. Eine kurze Biografie von Rembrandt. Die Entstehungsgeschichte des Bildes. Die Zehn Gebote in der Bibel. *Die kenne ich schon von Kindheit an*, dachte Tante Milli.

Es war Sonntag, der 9. Mai 1937. Aufgeregt zupfte Emilie noch einmal an ihrem neuen Kleid. Da sie das älteste Mädchen der Familie war, hatte sie das große Glück, ein funkelnagelneues Kleid zur Konfirmation zu bekommen – für die 15-Jährige ein Traum. Dunkelblau, hochgeschlossen und mit einem weißen Spitzenkragen versehen – Emilie betrachtete sich selbst ganz hingerissen im Spiegel. Die bevorstehende Feier in der Kirche empfand sie als eine der letzten Hürden zum Erwachsensein.

Zwei mühevolle Jahre waren vorausgegangen: Im Konfirmandenunterricht hatte Pastor Schäfer nichts durchgehen lassen. Sie mussten Luthers Kleinen Katechismus auswendig lernen, alle Zehn Gebote mit den Erklärungen und außerdem noch eine ganze Menge Bibelverse und Kirchenlieder. Alles wurde abgefragt. Und im feierlichen Konfirmationsgottesdienst wurden alle Konfirmanden einzeln vor der gesamten Gemeinde geprüft.

Hoffentlich bekomme ich nicht so eine schwierige Frage, flüsterte Emilie ihrem Spiegelbild zu.

Lächelnd schwelgte Tante Milli in ihrer Erinnerung. Sie hatte Glück gehabt; bei der Konfirmandenprüfung in der Kirche musste sie nur Psalm 23 auswendig aufsagen. „Der Herr ist mein Hirte." Das war nicht schwer, und sie hatte sich nicht blamiert.

Tante Milli wandte sich wieder ihrer Lektüre zu. „Das erste Gebot lautet: Du sollst keine anderen Götter haben neben mir."

Sofort sprangen die eingeprägten Sätze in ihr Gedächtnis, wieder und wieder hatten sie die Worte aus Luthers Kleinem Katechismus im Chor aufsagen müssen: „Ich bin der Herr, dein Gott. Du sollst nicht andere Götter haben neben mir. Was ist das? Wir wollen Gott über alle Dinge fürchten, lieben und vertrauen."

Und dann war es gleich mit dem zweiten Gebot weitergegangen. Aber in dem Büchlein, das sie in Händen hielt, ging es noch zwei Seiten weiter, und es klang recht altertümlich. Ach ja, da stand es in der Überschrift: „mit Auszügen aus dem Großen Katechismus von Dr. Martin Luther".[1]

Tante Milli las: „Also auch, wer darauf traut und trotzt, dass er große Kunst, Klugheit, Gewalt, Gunst, Freundschaft und Ehre hat, der hat auch einen Gott, aber nicht diesen rechten, einigen Gott. Darum sage ich abermals, dass die rechte Auslegung dieses Stückes sei, dass einen Gott haben heißt: etwas haben, darauf das Herz gänzlich traut. Also verstehst du nun leichtlich, was und wie viel dies Gebot fordert, nämlich das ganze Herz des Menschen und alle Zuversicht auf Gott allein und niemand anders."

Das geht aber ganz schön weit, dachte Tante Milli.

1) Die Zehn Gebote (nach Martin Luthers Kleinem und Großen Katechismus): Bei der Zählung der Gebote gibt es im Judentum und in den christlichen Kirchen unterschiedliche Traditionen. Die hier wiedergegebene Fassung folgt der lutherischen und römisch-katholischen Tradition. Eine andere Zählung ergibt sich dort, wo das Bilderverbot - „Du sollst dir kein Bildnis machen" - als zweites Gebot aufgeführt wird, so in der anglikanischen, reformierten und orthodoxen Tradition. Dort werden dann neuntes und zehntes als ein Gebot verstanden.

Einige Wochen nach ihrer Hochzeit mit Erich im August 1949 war Emilie ziemlich sicher, dass sie es endlich geschafft hatte. Sie war fleißig gewesen, hatte gute Arbeit geleistet und sich schließlich so den Teilhaber ihrer Firma geangelt. Nun war sie eine Dame, verkehrte in „besseren Kreisen“ und war überall geachtet. Und das alles hatte sie sich hart erarbeitet.

Nur zur Sicherheit war Emilie auf dem großen Jahrmarkt noch heimlich zu der alten Zigeunerin gegangen. Die hatte ihr aus der Hand gelesen und Emilies Triumph bestätigt: Ja, die Sterne meinen es gut mit dir.

„Das zweite Gebot", verkündete die nächste Überschrift. „Du sollst den Namen des Herrn, deines Gottes, nicht missbrauchen."

Wie gut, dass ich nie geflucht habe. Das ist auch wirklich nicht damenhaft, überlegte Tante Milli.

Emilie und Erich hatten zu Weihnachten 1962 noch einmal ihre Verwandten eingeladen – so viele noch übrig geblieben waren. Vater, Mutter und zwei ihrer Geschwister waren im Krieg und auf der Flucht aus Ostpreußen umgekommen.

Ihre jüngste Schwester Edith hatte mittlerweile fünf Kinder und brachte Trubel in Emilies beschauliches Leben. Rudolf, der ältere Bruder, kam mit seiner stillen, bescheidenen Frau und zwei unbeholfenen Teenagern.

Emilie mochte ihre Neffen und Nichten und das beruhte auf Gegenseitigkeit: Die Kinder hingen mit wahrer Verehrung an der reichen und freigebigen Tante. Sie selbst hatte keine Kinder; in all den Ehejahren mit Erich war sie nicht ein einziges Mal schwanger geworden.

Nach dem Weihnachtsgottesdienst kam die

Rede plötzlich unvermittelt auf religiöse Themen – wie unangenehm.

Für Edith war das alles ganz natürlich, denn sie war mit einem Pastor verheiratet und der Glaube schien das Leben der ganzen Familie zu prägen. Doch Emilie war unangenehm berührt, vor allem, als auch Rudolf sich ins Gespräch einschaltete.

Rasch versuchte Emilie, das alte fromme Vokabular der Kindheit wieder aufzupolieren. Aus den Augenwinkeln bemerkte sie den erstaunten Blick ihres Ehemanns: Solche frommen Sprüche und Lippenbekenntnisse hatte er zuvor noch nie aus ihrem Mund gehört. Doch Emilie wollte keinen Anstoß erregen. Was wussten Edith und Rudolf schon – nichts. Und von ihr würden sie auch nichts erfahren. Normalerweise waren sie schließlich weit genug weg, und das war auch gut so.

Tante Milli las aufmerksam weiter. „Gedenke des Sabbattages …"

Ich bin immer mal wieder in die Kirche gegangen, überlegte Tante Milli. *Natürlich nicht jede Woche, aber schon ab und zu. Seit ich hier im Altenzentrum wohne, war ich jedenfalls schon öfters da. Und zum Seniorennachmittag gehe ich auch regelmäßig.*

„Beten kann ich auch zu Hause oder im Wald", pflegte Emilie immer zu sagen, wenn irgendwo die Rede auf Kirche kam.

Nicht, dass sie etwas dagegen gehabt hätte – aber gerade sonntags gab es immer besonders viel zu erledigen. Da fehlten einfach oft die Zeit und die Muße. Und insgeheim war Emilie ziemlich sicher, dass Gott eigentlich ganz zufrieden mit ihr sein könnte, denn sie tat nun wirklich keinem etwas zuleide. Warum sollte sie dann also ständig zum Gottesdienst rennen?

„Du sollst deinen Vater und deine Mutter ehren."

Ach ja, das sollten die Kinder heutzutage mal wieder lernen! Bei uns früher herrschte wenigstens noch Ordnung und Disziplin! Wenn ein Kind Widerworte gab, dann wurde es bestraft. Was die Kinder und Jugendlichen sich heute alles herausnehmen gegen die eigenen Eltern – ein Skandal!

Ein Jahr nach der Konfirmation, Ostern 1938, hatte Emilie die Mädchen-Mittelschule mit einem guten Zeugnis abgeschlossen. Ihre Eltern ermöglichten Emilie eine Ausbildung in der Buchhaltung der neu eröffneten Marmeladenfabrik. Schon in der Schule hatte Emilie Interesse und Geschick im Umgang mit Zahlen bewiesen, und Buchführung machte ihr Spaß.

Die 16-Jährige fühlte sich nun endlich völlig erwachsen. Wenn nur die Eltern nicht so streng gewesen wären! Alles und jedes wurde ihr verboten. Einmal wöchentlich wurde das Vereinshaus zum Kino umfunktioniert und alle Welt ging hin. Nur ihre Eltern waren strikt dagegen.

Natürlich ging sie trotzdem – heimlich. Und solange sie sonntags immer brav mit zum Gottesdienst ging und bei den regelmäßigen Hausandachten die richtigen Antworten gab, schöpften die Eltern keinen Verdacht. Was Emilie dachte, war schließlich ihre eigene Sache, nicht wahr?

„Das fünfte Gebot: Du sollst nicht töten."

Du sollst nicht töten. Du sollst nicht töten. Nach all den Jahren durchlief Tante Milli ein Schauder, als sie die Worte las. *Es ist lange vorbei*, beruhigte sie sich innerlich. Doch sie konnte nicht verhindern, dass die Erinnerung in ihr aufstieg, wie ein böser, zähnefletschender Hund.

An einem kalten und nassen Tag im Spätherbst, Ende November 1945, fiel Emilie zum ersten Mal auf, wie müde und entkräftet sie sich in den letzten Wochen fühlte. Morgens war sie kaum aus dem Bett gekommen, manchmal war ihr sogar übel geworden vor lauter Erschöpfung.

Plötzlich durchfuhr es sie wie ein Blitz: Könnte es vielleicht sein, dass ...? Ihr Herz raste, als sie genauer überlegte. Ihre letzte Blutung war Anfang Oktober gewesen; sie erinnerte sich noch genau daran, weil sie eigentlich auf den Jahrmarktball zum Tanzen gehen wollten, aber sie hatte sich nicht wohlgefühlt und John hatte sie wieder nach Hause gebracht. Nun war sie also bereits vier Wochen überfällig!

John reagierte äußerlich ganz ruhig. „Don' t worry, Darling", sagte er nur. „Alles wird gut."

Zwischen Weihnachten und Neujahr nahm er sie heimlich mit zu einem seiner Bekannten, einem englischen Militärarzt. Gemeinsam mit einer wortkargen Krankenschwester löste der Arzt in einer grässlichen halben Stunde Emilies Problem. Tapfer ertrug sie die düstere Atmosphäre und die Schmerzen und wandte den Blick schnell von der weißen Emailleschüssel mit ihrem blutigen Inhalt ab. Sie konnte doch nichts dafür. Was hätte sie denn tun sollen?

Ja, was hätte denn aus mir werden sollen? Ich konnte wirklich nicht anders, rechtfertigte sich Tante Milli vor sich selbst. *Eigentlich sollte ich dieses Heft über die Zehn Gebote gar nicht weiter lesen, das wird ja immer schlimmer.*

Und ich weiß genau, was jetzt kommt. Aber, mein Gott, wir waren jung damals. Jung und einsam. Den Krieg überlebt und alles verloren. Ich wollte doch nur zu jemandem gehören – nur spüren, dass ich noch lebe. Und was heißt das schon: „Du sollst nicht ehebrechen"?! *Ich war doch gar nicht verheiratet.*

Als sie im Februar 1945 nach der Flucht aus Ostpreußen in Schleswig-Holstein ankam, war sie völlig auf sich gestellt. Edith, die Jüngste, war mit einigen Nachbarn zusammen auf dem letzten Schiff nach Dänemark entkommen, doch die Mutter und Emi-

lies Schwester Ruth hatten noch zwei oder drei Tage auf weitere Verwandte warten wollen. Was aus ihnen geworden war, wusste Emilie nicht. Es gab nur schreckliche Gerüchte, keine Gewissheit. Emilie fand vorübergehend Arbeit und Unterkunft als Dienstmädchen bei einem Fabrikanten.

Im Sommer, ein paar Wochen nach Kriegsende, lernte sie John kennen und mit ihm kam ihre private Welt zum ersten Mal seit Langem in Schwingungen. Sie verliebte sich heftig in den gut aussehenden englischen Besatzungssoldaten und er behandelte sie mit Achtung und Respekt – und viel Zärtlichkeit. Emilie, überwältigt von ihren Gefühlen, ließ alles geschehen.

Nach der Abtreibung hatte sie John nie wieder gesehen. Er sei versetzt worden, erfuhr sie von seinen Kameraden. Er habe noch gesagt, es sei besser so, ergänzte einer der Soldaten. Schließlich habe er eine Frau und zwei kleine Kinder daheim in England.

Tante Milli seufzte schwer. *Wie habe ich gelitten,* dachte sie. *Habe ich damit nicht genug bezahlt für meine Sünden? Und später ging es ja auch wieder bergauf.*

Noch einmal seufzte sie und betrachtete nachdenklich das Büchlein, das vor ihr auf dem Tisch lag. „Das siebte Gebot: Du sollst nicht stehlen" lautete die nächste Überschrift. *Soll ich überhaupt weiterlesen?*

Lange hatten offizielle Stellen die Flucht der Zivilbevölkerung für unnötig gehalten. Doch plötzlich, am 4. Februar 1945, wurde Hals über Kopf die Evakuierung der Bürger angeordnet. Emilie hatte Glück: Sie wurde mit der ganzen Belegschaft ihrer Firma über die Ostsee nach Norddeutschland geschickt.

Der Chef beorderte sie vorher noch in aller Eile ins Zentralkontor: Emilie sollte mit einer älteren Kollegin die Kassenbestände prüfen, die Bargeldkasse abrechnen und anschließend dem Geschäftsführer übergeben.

Als die Kollegin kurz das Büro verlassen musste, konnte Emilie nicht widerstehen: Ein schneller Griff in die Kasse sicherte ihr Startkapital in Schleswig-Holstein. Es war ja nicht viel. Niemand hatte es je bemerkt. Aber Emilie hatte es die ersten drei Monate in der Fremde über Wasser gehalten. Die Firma hatte ohnehin in den Kriegswirren am Boden gelegen, so hat es auch keinem geschadet.

Dass ich mich überhaupt noch daran erinnere, wunderte sich Tante Milli. *Wenn man bedenkt, wie viel Unrecht damals geschehen ist – und auch heute noch geschieht –, dann ist es schon erstaunlich, dass die Welt sich überhaupt noch dreht.*

Gedankenverloren blätterte Tante Milli weiter. „Du sollst nicht falsch Zeugnis reden wider deinen Nächsten."

Warum kommen eigentlich plötzlich all diese Erinnerungen an damals in mein Herz? Ich habe doch all die Jahre nicht mehr daran gedacht. Und im Grunde habe ich ja doch ein anständiges Leben geführt.

So bald wie möglich suchte Emilie nach einer angemessenen Arbeit als Buchhalterin. Ihre Zeugnisse hatte sie retten können, und sie war ehrgeizig und wollte es zu etwas bringen.

Schließlich fand sie eine Anstellung in Hamburg. Sie teilte sich ein Büro mit Fräulein Müller, einer freundlichen und hübschen Blondine. Ihr direkter Vorgesetzter, Erich Oberdorf, war der Teilhaber der Firma und hielt große Stücke auf Fräulein Müller.

Emilie arbeitete fleißig und sorgfältig – und wartete. Hin und wieder ließ sie eine scheinbar zufällige Bemerkung fallen, die ihre Kollegin in ein schlechtes Licht rückte. Nach einer Weile bemerkte Emilie mit Freude, dass der Chef ihr offenbar allmählich mehr zutraute als Fräulein Müller.

Es dauerte insgesamt zwei Jahre, bis Emilie befördert wurde. Nur ein weiteres Jahr später war sie Frau Oberdorf geworden.

Eigentlich habe ich das ganz gut hingekriegt, dachte Tante Milli, *und Fräulein Müller hat ja dann später auch geheiratet. Ob sie wohl jemals gemerkt hat, dass ich ihr gegenüber nicht immer ganz aufrichtig war? Aber das macht doch jeder so, warum auch nicht?*

Die letzten Seiten des Büchleins blätterten sich fast von selbst. „Das neunte und zehnte Gebot: Du sollst nicht begehren…"

Die große Liebe ihres Lebens war Erich nicht gewesen. Ein guter, solider Mann, mehr als zehn Jahre älter als sie – und er hatte schon etwas erreicht im Leben. Emilie, das „Flüchtlingsmädchen" aus Ostpreußen, machte sich drei Jahre nach Kriegsende keine Illusionen mehr.

Angebliche Liebe und überschäumende Gefühle hatten sie schon einmal an den Rand des Abgrunds gebracht. Was sie nun brauchte, war Sicherheit – und vielleicht ein bisschen Luxus und Komfort. Finanzieller und gesellschaftlicher Erfolg. Sie beobachtete Menschen, die es „zu etwas gebracht hatten" und sie beneidete alle, die etwas hatten, was ihr fehlte.

Emilie hatte schon immer davon geträumt, eine richtige Dame zu sein, und mit Erich bekamen ihre Träume Konturen. Er hatte sich so offensichtlich in sie verliebt, dass sie nicht lange zögerte, als er ihr Anfang 1949 einen unbeholfenen Heiratsantrag machte.

Sie hatten ein friedliches und ruhiges Leben miteinander geführt und als Erich 1986 gestorben war, hatte sie ihr Eheleben mit dem friedlichen und ruhigen Leben einer wohlhabenden kinderlosen Witwe getauscht. Was will man mehr vom Leben?

Tante Milli klappte das Büchlein zu.

Die Zehn Gebote, dachte sie, *sind eigentlich eine gute Einrichtung. Auch wenn ich sie vielleicht nicht immer alle vollständig befolgt habe. Letztlich hat es ohnehin keiner gemerkt. Und ich habe eigentlich immer ein gutes Herz gehabt.*

An meinem Geburtstag gestern war es doch deutlich zu sehen, wie die Leute mich mögen – meine Nichten und Neffen, Großnichten und Großneffen und sogar deren Kinder. Von den Menschen hier im Altenzentrum ganz zu schweigen. Dann wird der liebe Gott wohl auch ein Einsehen haben, wenn ich zu ihm komme. Oder?

Von der Rückseite der Broschüre, die vor ihr auf dem Sofatisch lag, sprang ihr ein Bibelvers entgegen: „Ein Mensch sieht, was vor Augen ist; der Herr aber sieht das Herz an."

Und wenn Gott, der Herr, dein Leben offenlegt und beurteilt – was dann?

Tante Milli versuchte, die leise Stimme in ihrem Kopf zu überhören, doch sie ließ sich nicht zum Schweigen bringen.

Was dann? Was dann?

Tante Milli nahm das Heft noch einmal zur Hand. Auf den letzten Seiten wurden weitere Broschüren in gleicher Aufmachung vorgestellt. „Rembrandt und sein Gemälde vom Verlorenen Sohn", las sie. „Das Bild von der Umkehr zu Gott nach dem bekannten Gleichnis aus dem Lukasevangelium."

Sie ließ das Heftchen sinken und dachte nach.

„... der Herr aber sieht das Herz an."

Die Worte, die sie vorhin gelesen hatte, ließen sich nicht mehr abschütteln.

Lange saß Tante Milli nachdenklich auf ihrem Sofa. Widerstreitende Gefühle und Vorstellungen schienen einen Kampf in ihrer Seele auszufechten. Schließlich erhob sie sich langsam, aber entschlossen und ging zum Telefon. Sie kramte eine Weile in der obersten Schublade der Kommode.

Endlich hatte sie gefunden, was sie suchte. Sorgfältig wählte sie die Telefonnummer von Pastor Vogel.

„Können Sie bitte noch einmal zu mir kommen, Herr Pastor? Ich muss Sie etwas Wichtiges fragen."

Verschlossene Türen

für L.

„Heidi! Wo ist denn meine Hose geblieben?", rief Hans aus dem Schlafzimmer.

Belustigt schüttelte Heidi den Kopf. „Die hast du gestern Abend in die Wäsche gegeben, wegen der Grasflecken", antwortete sie. „Du wolltest ja auch heute die schwarze Hose anziehen, nach dem Frühstück fahren wir doch sofort los."

Hans grummelte etwas Unverständliches und kam kurz darauf fertig angezogen in die Küche. „Wo fahren wir denn hin?", erkundigte er sich leichthin.

„Na, zum Einkaufen natürlich. Heute ist Donnerstag und donnerstags fahren wir immer zum Einkaufen", erwiderte Heidi und zeigte auf den Abreißkalender.

„Ach ja, natürlich. Hätte ich fast vergessen", murmelte Hans und stand zögernd in der Küche.

„Komm, setz dich und trink erst mal eine Tasse Kaffee", sagte Heidi.

Hans schob den Einkaufswagen, während Heidi Tüten und Päckchen aus den Regalen holte und sorgfältig auf ihrer Einkaufsliste abhakte.

„Ich stelle mich an der Fleischtheke an", sagt Heidi. „Kannst du bitte schon ein Netz Kartoffeln, eine Gurke und einen kleinen Blumenkohl aus der Gemüseabteilung holen?"

Hans nickte und setzte sich in Bewegung. Lächelnd sah Heidi ihm nach und wandte sich dann der Verkäuferin zu.

Seit Hans' Pensionierung vor acht Jahren erledigten sie den wöchentlichen Einkauf meist zusammen und Hans war von Anfang an mit Feuereifer dabei gewesen. Er hatte auch unbedingt kochen lernen wollen und den Abwasch erledigte er meist sogar allein. Nur Waschmaschine und Trockner waren ihm nach wie vor etwas unheimlich, und das richtige Sortieren von Wäsche hielt er für eine Geheimwissenschaft.

Hans und Heidi genossen ihre gemeinsame Zeit und pflegten ein geruhsames und friedliches Leben miteinander. Alles ging jetzt erheblich langsamer als früher, manches war mühsamer geworden, aber sie waren zufrieden.

Die Verkäuferin schob Heidi ihre Bestellung über die Theke. Sie legte die Tüte in den Einkaufswagen und sah sich suchend um. *Wo bleibt denn nur Hans? Die Gemüseabteilung ist doch gleich um die Ecke!*

Sie fand ihren Mann mit einem Netz Tomaten in der Hand, unschlüssig inmitten von frischem Obst und Gemüse stehend.

„Was sollte ich noch holen?", fragte er unsicher.

„Kartoffeln, Gurke, Blumenkohl", zählte Heidi auf und suchte dabei die Waren zusammen. „In letzter Zeit wirst du wirklich vergesslich. Naja, ist auch kein Wunder in unserem Alter ..."

Als alle Einkaufstaschen ausgeräumt waren, mussten Hans und Heidi erst einmal eine Pause einlegen. Mit einem Glas Saft und ein paar Keksen saßen sie in der Küche. Heidi legte das Andachtsbuch, ihre Bibeln und Liederbücher auf den Tisch, und Hans begann, vorzulesen.

Diese Zeit war in den letzten Jahren immer mehr zu einem festen Bestandteil in ihrem Leben geworden. Sie tauschten sich aus, beteten gemeinsam und sangen zwei oder drei Lieder zusammen. Hans hatte noch immer eine kräftige, schöne Tenorstimme und kannte fast alle Lieder auswendig. Manchmal setzte Heidi sich auch zu ihm ans Klavier.

Hans hatte schon von Kindheit an leidenschaftlich gern Klavier gespielt, und wenn es sich so ergab, sangen sie bisweilen alle ihre Lieblingslieder zweistimmig mit Klavierbegleitung.

* * *

Ein paar Wochen später wachte Heidi mitten in der Nacht auf. Sie hatte das dumpfe Gefühl, ein ungewöhnliches Geräusch habe sie aufgeschreckt, doch als sie horchte, blieb alles still. Sehr still. Zu still. Keine Atemgeräusche von Hans?!

Heidis Herz krampfte sich zusammen, als sie nach dem Lichtschalter tastete. Sie fürchtete das Schlimmste, doch Hans' Bett war leer. Da hörte sie es wieder: ein Klappern und Hantieren – aus der Küche.

„Was machst du denn hier, Hans? Es ist drei Uhr in der Früh!"

Hans trug die Kochschürze über seinem Schlafanzug. Er hatte offenbar kurz zuvor einen großen Topf mit Wasser auf den Herd gestellt; in der gusseisernen Pfanne rauchte das heiße Öl.

Mechanisch drehte Heidi die Kochplatten aus. „Was ist los, Hans? Was tust du da?"

Hans saß am Tisch und schälte Kartoffeln. Jetzt hielt er inne und blickte Heidi zweifelnd an. Dann sah er stirnrunzelnd auf den Berg Kartoffeln, der vor ihm lag. „Meine Eltern und Franz und Liselotte kommen doch gleich zu Besuch", sagt er dann bestimmt. „Dann muss das Essen fertig sein."

Heidi starrte ihn an. In ihrem Kopf fuhren die Gedanken Karussell.

Mein Gott, dachte sie, *das darf nicht wahr sein. Das muss ein Traum sein. Herr, hilf mir doch, ich will aufwachen!*

Sie stellte sich ganz nah zu Hans, nahm ihm das Messer aus der Hand und legte ihre Arme um ihn. *Es ist kein Traum,* wusste sie plötzlich mit absoluter Sicherheit. *Ich werde meinen Mann, meinen starken, klugen, sicheren Hans Stück für Stück verlieren.*

Sie beugte sich hinunter, legte ihren Kopf auf seine weichen grauen Haare und versuchte das Schluchzen zu unterdrücken, das in ihr aufbrach. Doch sie konnte nicht verhindern, dass ihre Tränen auf Hans' Kopf herabtropften.

„Und was meint ihr, wo ich seine Hose gefunden habe, die mit den Grasflecken – er wollte sie abends in die Wäsche geben und ein paar Tage später habe ich sie in der Gefriertruhe gefunden! Als ich ihn darauf angesprochen habe, war er sogar ein bisschen verärgert und meinte, ich solle mir nicht solchen Unsinn ausdenken."

Monika und Annette waren fassungslos.

„Bist du ganz sicher, Mutti?", fragte Annette immer wieder. „Du musst unbedingt so bald wie möglich mit Vati zum Arzt gehen."

„Wenn du willst, kann ich mitkommen", bot Monika an. „Ich habe nächste Woche ein paar freie Tage. Und vielleicht wäre es auch besser, wenn Vati nicht selbst mit dem Auto fährt …"

Heidi traten wieder die Tränen in die Augen. Wie viel hatte sie geweint in diesen Tagen, immer heimlich, damit Hans es nicht bemerkte. Hans, ihr liebster Gefährte. Ihre Stütze, ihr Halt. Heidi hatte das Gefühl, ins Bodenlose zu fallen. Die Töchter waren betroffen, konnten sich kaum vorstellen, wie der Alltag bei den Eltern auf die Dauer weitergehen könnte – doch Heidi glaubte, am Unfassbaren zu zerbrechen.

Sie hörten Gelächter und ein Klappern an der Haustür. Dann kam Hartmut gut gelaunt mit seinem Schwiegervater ins Wohnzimmer.

„Gibt es noch keinen Kaffee? Wir sind schon ganz ausgezehrt nach unserem langen Spaziergang!", rief er fröhlich.

Die drei Frauen rissen sich zusammen. Heidi trocknete die Tränen, putzte sich rasch die Nase und stand auf. „Der Kaffee ist in fünf Minuten fertig. Wenn ihr schnell den Tisch deckt, hole ich noch den Kuchen aus der Speisekammer."

„Warum schaust du mich eigentlich immer so forschend an? Habe ich über Nacht Schlappohren bekommen?" Zärtlich stupste Hans seine Frau in die Seite.

Ihre besorgte Blicke waren ihm auf die Dauer nicht entgangen. Und er machte sich insgeheim ja auch selbst Sorgen. Er war so entsetzlich vergesslich geworden und manches Mal stand er irgendwo, ohne zu wissen, was er eigentlich dort wollte. Außerdem gab es plötzlich solche peinlichen Lücken in seiner Erinnerung.

Gestern war ihm doch beim besten Willen der Name seines langjährigen Nachbarn nicht eingefallen. Nur gut, dass Heidi schnell geschaltet und „Hallo, Franz!" aus dem Fenster gerufen hatte. Aber ob man damit wirklich zum Arzt gehen sollte, wie Heidi vorgeschlagen hatte? *Das ist das Alter*, dachte Hans. *Wir sind nun mal nicht mehr die Jüngsten.*

„Na gut, Heidi, wenn es dich beruhigt, dann gehe ich eben zum Arzt. Und wenn du unbedingt willst, kannst du auch mitkommen, aber nötig ist das bestimmt nicht. Und Monika braucht mich wirklich nicht zu fahren, das schaffe ich schon selbst!"

* * *

„Vielleicht haben sich die Ärzte geirrt", murmelte Hans. „Vielleicht ist es gar nicht so schlimm."

Heidi legte ihre Hand auf seine. „Wie schön wäre das. Aber es ist nicht sehr wahrscheinlich, nach all diesen Untersuchungen."

Die Diagnose „Alzheimer" umgab das alte Ehepaar wie eine dichte schwarze Wolke. In der Klinik hatten sie einen ganzen Stapel Informationsbroschüren bekommen; aber Heidi mochte gar nicht darin lesen. Noch ging es Hans doch eigentlich ganz gut – nur ab und zu tat er so seltsame Dinge, und er wurde immer vergesslicher.

Heidi bemühte sich, so unauffällig wie möglich immer in seiner Nähe zu sein, um ihm zu helfen und ihn zu schützen. Große Angst hatte Heidi davor, dass Hans sie einmal nicht mehr erkennen würde, dass er sie als Fremde ansah. Aber ihre größte Sorge war, dass Hans auch die Realität Gottes vergessen könnte. *Ob das überhaupt möglich ist?*, dachte sie.

Heidi war stark, doch sie vermisste schon jetzt ihren Hans. Es ging so schnell. Manchmal hatte sie das Empfinden, dass er – seine eigentliche Persönlichkeit – von Tag zu Tag zusehends verblasste, sich dabei mehr und mehr von ihr entfernte. Er war sanft und lieb zu ihr, so wie er immer gewesen war, doch ganz allmählich wurde er zu einem Kind in einem alten Körper. Seine Worte, seine Gedanken und Einfälle wurden mit der Zeit kindlich.

Und Heidi wurde einsam.

„Ich schäle schon mal die Kartoffeln, Heidi!", ruft Hans aus der Küche. „Papa und Mama kommen gleich mit Franz und Lieselotte."

Fast jeden Tag geht das so. Manchmal vormittags, manchmal erst abends. Natürlich sind Hans' Eltern schon seit vielen Jahren tot. Lieselotte, seine ältere Schwester, wohnt nach ihrem Schlaganfall vor zwei Jahren in einem Pflegeheim, denn ihr Mann Franz ist selbst zu krank, um sie zu pflegen, und Kinder haben die beiden nicht.

Anfangs hat Heidi noch versucht, Hans davon zu überzeugen, doch das ergab nur endlose Streitgespräche. Nun bemüht sie sich immer, Hans abzulenken: ein Spaziergang, Musik hören, Fotoalben ansehen. Meist vergisst er seine fixe Idee dann sehr schnell. Für Heidi ist es zermürbend.

Am schlimmsten ist es, wenn Hans auf der Klavierbank sitzt. Er klappt das Klavier auf, legt zögernd seine Finger auf die Tasten, scheint in sich hineinzuhorchen. Es ist, als versuche er in seinem Kopf eine Tür zu öffnen, doch sie ist abgeschlossen, und jemand hat den Schlüssel weggeworfen. Viele verschlossene Türen gibt es in seinem Kopf und es werden immer mehr.

Wenn er scheinbar zufällig eine Taste herunterdrückt, erschrickt er vor dem plötzlichen Klang. Manchmal macht er weiter, wie ein Kind, das die Welt der Töne erforscht. Wenn Heidi ihn so findet, möchte sie am liebsten vor Verzweiflung schreien.

* * *

„Ich weiß nicht, wie lange ich das noch aushalte", sagte Heidi leise.

„Er kann überhaupt nicht mehr allein sein. Ich muss auf ihn achtgeben wie auf ein kleines Kind. Wenn er allein aus dem Haus geht, verläuft er sich. Ich muss ihm beim Anziehen helfen und ihn füttern. Manchmal vergisst er sogar, zu kauen. Ich bin so froh, dass die Schwester von der Diakonie regelmäßig kommt. Und die zwei Nachmittage in der Tagesbetreuung sind auch eine große Hilfe, dann kann ich selbst mal wieder durchatmen, so wie jetzt. Aber weißt du – obwohl Hans körperlich noch bei mir ist, fehlt er mir so sehr!"

Heidi nahm einen kleinen Schluck aus ihrer Kaffeetasse. Dann sah sie Gerlinde an und lächelte vorsichtig. „Ich bin dir so dankbar, dass ich dir das heute mal alles einfach so erzählen kann und dass du für mich, für uns betest."

„Ja", nickte Gerlinde. „Ich kann mir zwar kaum vorstellen, wie anstrengend der Alltag mit Hans für dich ist, aber ich kann dir wenigstens zuhören und für dich beten. Es tut mir so leid, dass ich dir gar nicht praktisch helfen kann." Seufzend schüttelte sie den Kopf und blickte auf den Rollator neben ihrem Sessel. „Erzähl mir einfach von deinem Alltag."

„Ach, ich hab dir jetzt schon so viel vorgejammert", seufzte Heidi. „Aber weißt du, eines muss ich dir tatsächlich noch erzählen – eigentlich das Tröstlichste in dieser Zeit. Ich nenne es mein tägliches Wunder, ein Wunder des Geistes Gottes", begann sie dann lächelnd …

Schaffen Sie Rituale und sorgen Sie für einen gleichmäßigen Tagesablauf! Das erleichtert den Patienten die Orientierung, lautete einer der guten Ratschläge aus der Informationsbroschüre für Angehörige. Heidi fand diesen Fingerzeig sehr einleuchtend.

Ihr Leben war in letzter Zeit ohnehin in sehr geregelten Bahnen abgelaufen, doch nun achtete sie noch stärker darauf, Fixpunkte für Hans zu setzen. Aufstehen, Körperpflege, Frühstück liefen stets zur gleichen Uhrzeit und nach dem gleichen Schema ab. Auch ihre Gespräche dabei waren fast immer gleich.

Nach dem Frühstück las Hans die Zeitung und Heidi sorgte dafür, dass er jeden Artikel nur einmal las. Da er den Inhalt sofort wieder vergaß, hätte er sonst die Zeitung wieder und wieder gelesen.

Nach dem Zeitunglesen gingen sie jeden Tag eine halbe Stunde spazieren. „Regelmäßige Bewegung ist wichtig für Ihren Mann", hatten die Ärzte ihr eingeschärft.

Heidi hatte sich schon fast daran gewöhnt, immer wieder die gleichen Fragen und Geschichten von Hans zu hören und ihm geduldig zu antworten. Erstaunlicherweise gab es allerdings auch stets Dinge, über die sie beide miteinander herzlich lachen konnten.

Hans ist eigentlich zufrieden, dachte sie dann oft. Er erkannte sie nach wie vor und in ihrer Gegenwart war er glücklich wie ein kleines Kind, das sich völlig geborgen fühlt. Heidi war dankbar dafür.

Wenn sie von ihrem Spaziergang zurückkamen, ruhten sie sich ein wenig aus. Wie früher saßen sie gemeinsam in der Küche und Heidi holte das Andachtsbuch und ihre Bibeln und Liederbücher. Und dann geschah es – jeden Tag das gleiche Wunder.

Hans begann vorzulesen, und er verstand, was er las. Er hatte noch eine Beziehung zu Gott; sein Gehirn war zwar unwiderruflich krank, doch der Geist Gottes ist nicht auf funktionierende Gehirnzellen angewiesen.

Häufig gab Hans einen kurzen, aber tief gehenden Kommentar zu dem gelesenen Bibeltext ab. Wenn sie zusammen beteten, waren seine Gedanken geordnet. Die vertrauten Lieder sang Hans mit großer Hingabe. Und manchmal sah er Heidi liebevoll lächelnd an und sagte: „Weißt du, Heidi, mein Schatz, ich freue mich schon auf den Himmel!"

Bei dieser Aussage bekam Heidi immer eine Gänsehaut. „Ja", betete sie dann in Gedanken, „ja, Herr, das wird wunderbar sein: keine Vergesslichkeit, keine Krankheit, keine Verzweiflung mehr!"

Ein altvertrauter Bibelvers kam ihr in den Sinn: „Und er wird jede Träne von ihren Augen abwischen, und der Tod wird nicht mehr sein, noch Trauer, noch Geschrei, noch Schmerz wird mehr sein … Siehe, ich mache alles neu!"

Wer auf Gott vertraut, kann was erleben:

Brigitte Grill

Und trotzdem habe ich JA gesagt

ISBN 978-3-942258-31-9: Paperback, 128 Seiten
ISBN 978-3-942258-81-4: eBook, ePub-Format

Martin erfährt als Kind kaum Liebe und Geborgenheit und erlebt körperliche und seelische Gewalt. Als Erwachsener leidet er unter Depressionen und Angstzuständen, Therapien helfen ihm zwar, heilen ihn jedoch nicht. Er hat keinen Beruf, dafür aber eine Bewährungsstrafe. Durch seine Bekehrung ändert sich zwar vieles, die Lasten der Vergangenheit muss er dennoch weiter tragen. Als er sich mit Brigitte verlobt, belasten diese Probleme auch ihre Beziehung. Die beiden sagen trotzdem Ja zueinander und rechnen fest auf Gottes Hilfe. Wird Er dieses Vertrauen belohnen?

Damit das Christsein nicht beim Schmökern endet:

Richard Kilian

Auf getrennten Wegen

ISBN 978-3-942258-00-5: Paperback, 499 Seiten
ISBN 978-3-942258-50-0: eBook, ePub-Format

Sie sind jung. Sie sind Freunde und Pflegebrüder. Und sie teilen eine Leidenschaft: die Naturwissenschaften. Doch während der eine ein überzeugter Christ ist, lehnt der andere den Glauben strikt ab.

Als der Zweite Weltkrieg sie plötzlich auseinanderreißt, setzen beide alles daran, den anderen wiederzufinden. Aber unschuldig angeklagt und von Freunden hinters Licht geführt, sind ihre Bemühungen vergeblich.

Doch ihre alte Leidenschaft ist ungebrochen. Und so nimmt die Karriere als Naturwissenschaftler bald alle Aufmerksamkeit in Anspruch. Denn dabei geht es um nichts weniger als den Beweis, dass die eigene Überzeugung auch in Leben und Forschung standhält. Ist der Glaube des Christen stark genug, um alle Krisen zu meistern? Wird der Verstand des Atheisten ausreichen, um die Rätsel der Natur zu knacken? Und werden sich die Wege der beiden je wieder kreuzen?

Spannende und lehrreiche Geschichten für Kinder:

Katja Habicht

Gott kann alles

ISBN 978-3-942258-11-1
Hardcover, 96 Seiten, farbig illustriert

Jakob kann keinen Handstand und Kevin lacht ihn deswegen aus. Lisa hat Blumen gesät, aber sie wachsen einfach nicht. Simon wünscht sich einen Hund, doch die Wohnung seiner Eltern ist zu klein dafür. Und Larissa möchte die schönen blauen Schuhe mit der Spange haben, aber sie passen nicht. – Was nun? Ob beten hilft? Und ob Gott wirklich alles kann?

In acht farbig illustrierten Geschichten aus dem Kinderalltag lernen Kinder im Vorschul- und Grundschulalter, dass nicht alle Wünsche erfüllt werden, dass beten trotzdem hilft und dass Gott alles kann.